Antes de que nos olviden

Luis Cuevas

Antes de que nos olviden

Luis Cuevas

A mamá Lola

PISTAS

EL DIABLITO

Pinche Rulfo, si pudieras encajar la garra en el carrete de la memoria, ¿hasta cuándo rebobinarías tu perra vida? Le pondrías *play* al día en que metiste la pata conmigo, ¿verdad? Tuvo que haber sido un sábado en el tianguis del Agua Azul. De seguro te acercaste a mi puesto atraído por el pedigrí de los libros que pongo en la segunda hilera, los clásicos que todavía se venden. Olfateabas en busca de algún manjar novelesco. Un rato estuve echando el ojo para que no fueras a clavar tus colmillos en ningún ejemplar. Si no compra, no mastique. Cuando inclinaste la cabeza ante la *Divina Comedia* me convenciste de que eras noble, como si acabaras de bajar del cielo. Mira tú, un ángel que ladra, pensé. Pero nomás regresé a mi lectura y sacaste el cobre. Más bien el roble, porque sí estás más dotado que yo, aunque tampoco es mucho decir. Empezaste a orinar *El llano en llamas*. Te lo tomaste demasiado literal. Parecías un bombero decidido a no dejar una sola flama viva. Y te hubieras meado en toda mi literatura universal si no te censuro con una patada en los testículos, canijo presumido. Es que ahí sí me emperré, no agraviando lo presente. Porque un libro subrayado todavía se vende, pero una novela empapada de tu esencia, ni regalada.

Luego luego me arrepentí. No me vayas a salir con que de eso no te acuerdas. ¡Anduve sobándote como media hora! En el lomo, no donde te di la patada. Y luego hasta te compré un lonche con aguacate de don Toncho. Y cuando te lo acabaste levanté mi puesto, te llevé a vacunar, trasquilar, bañar y a que te quitaran las pulgas. Cuando te regresé al parque Agua Azul, parecías tener la sangre de ese color. Dabas el gatazo. Sin ofender. Te quité la correa que me había prestado la veterinaria, pero me seguiste. Meneaste la colita con alcurnia. Y cuando me detuve y giré para verte, cuando hiciste una reverencia como reconociendo cada círculo de mi infierno, ¿no fui yo entonces quien te orinó con un nombre en honor al pirómano cuya obra habías perfumado? Así marcamos los humanos nuestro territorio, Rulfo, con nombres.

Y hablando de pestilencias, fíjate, en eso me

parezco a ti, como que le doy mucha importancia al olfato. Porque fue por un aroma por lo que yo me quedé en México, cuando mis papás se fueron a los Estados Unidos. Fue nomás por el champú de Yuri, me cae. No vayas a creer que por la del apagón, no me chingues. Mi oscuridad viene de otro lado, soy roquero declarado. Yuri es Yuridia del Carmen Alejandra González de la Torre y anexas. Todavía me baño en esa cascada de nombres y apellidos. Era una amiga que se sentaba delante de mí en la secundaria. Yo tenía 15 años. Ella también. Y era 1992, el año en que todo explotó.

La cosa empezó un par de meses antes, en enero, cuando mis papás tuvieron que irse a Houston. Yo les rogué que me dejaran en Guadalajara con Hércules… Ya sé que suena a nombre de perro, pero no, era mi tío humano. Quería quedarme con él porque era mi padrino y siempre me regalaba cosas. Por ejemplo, la Navidad anterior acababa de darme el casete de los Caifanes. Yo se lo había pedido, a él no le gustaban. Se burlaba de la voz del vocalista. Decía: Ese Saúl Hernández aúlla como chucho moribundo. Y tenía razón, pero en ese entonces a mí me encantaban sus berridos. Es que hasta para agonizar se necesita oficio, mi Rulfo. No es lo mismo morirse así de repente, sin decir ni pío, que alcanzar a cacarear la propia muerte con la dignidad que amerita la ocasión.

El casete que me regaló Hércules fue *El Diablito*. Pero todavía mejor, la versión pirata y extendida. Traía las mismas canciones que el álbum original: *El negro cósmico*, *La célula que explota*, *Los dioses ocultos* y además otro par de rolas bonus que nomás salieron en el disco compacto. El único detalle era que algunas venían grabadas directo del radio y se oía a un locutor que cebaba el final de las canciones: Acabamos de escuchar a la banda líder del rock en tu idioma con su sencillo intitulado... Pinche locutor metiche. Lo que sí estaba de ensueño era la portada, porque ya ves que normalmente los casetes piratas venían con una fotocopia del original, y ahí nomás le agregaban un sello de: Producciones el Chencho S.A. o algo así. Pues mi tío mandó ese papelito a lamber gatos y… Tranquilo, es otra expresión, no hay michis a la vista... Hércules tiró la fotocopia a la basura y puso en el estuche un papelito con dos caras dibujadas, nuestros retratos garabateados. Y venía con una dedicatoria de su puño y letra deformados: Para mi ahijado Chava, de su padrino Hércules, *Antes de que nos olviden*.

No era un mensaje, ¿cómo te digo? que buscara ser trascendente o esas mafufadas, para nada. Así se llamaba otra de las rolas del álbum, nomás. El problema es que mi mamá siempre ha sido bien tapatía y más mocha. Perdona el pleonasmo. Mi tío ha de haber pensado que si dejaba en la portada que se leyera en letras grandes: *El Diablito*, pues mi mamá iba a creer que se trataba de música satánica y me iba a romper el casete, como ya me había hecho con el de *La maldita vecindad y los hijos del quinto patio*, porque el nombre le sonaba medio blasfemo. Hércules prefirió rebautizar el álbum para evitarme un exorcismo musical.

De todas formas, mi jefa tiene un instinto materno muy cabrón y nada se le escapa. Cuando le dije que me quería quedar en Guadalajara con Hércules, me contestó: Si vas a hacer tu berrinche y convences a tu papá, te quedas, pero con mi suegra. Ahora sí que me puso entre la espada y la pared, porque mi abuela era un dolor rete punzante. Se llamaba Dolores, pero yo le decía como aquella mueblería: la Generala, ¡sí! Es que era bien pinche estricta, peor que un militar.

Cuando tenía nueve años me recluyeron dos semanas en su cuartel, la vez que internaron a mi mamá por un absceso hepático y mi papá se quedaba en el hospital todas las noches haciéndole compañía. En esa ocasión yo cometí la tarugada de querer trabar amistad con mi abuela. Le platicaba cómo me iba en la escuela, como si mis aventuras infantiles fueran más entretenidas que sus lecturas vespertinas. Un día mientras la Generala leía a Agatha Christie se me ocurrió interrumpirla y contarle que había metido tres goles en el recreo. Cometí la tontería de presumirle que le pegaba tan bien al balón como el maestro Benjamín Galindo, y que por eso mis compañeros me apodaban Benjamón Galindo. También era porque cada gol lo festejaba dándole una mordida a mi lonche de jamón, pero eso no se lo dije. Para mí el sobrenombre era un halago. El problema es que la Generala, que toda su vida fue delgada, se tomó mi apodo como una declaración de guerra al metabolismo familiar. Y se empeñó en adiestrarme para el combate contra la báscula.

Mi abuela no tenía gimnasio, pero sí una biblioteca con tomos pesadísimos. Así que me puse a practicar levantamiento de enciclopedias. Tres series de quince para que se te eduquen los bíceps. Ándale, no permitas que te gane la diabetes, arengaba la Generala. Lo que yo estaba perdiendo era la batalla por respirar. Apenas lograba inhalar y ya me ponía a hacer sentadillas con diccionarios sobre la cabeza. La tortura matutina terminaba hasta que fuera capaz de cambiar todas sus novelas de un librero a otro. Ese mes sudé letras, sentí párrafos enteros goteándome por las mejillas, pero no quemé ni un pinche gramo de grasa. Porque el entrenamiento me ayudaba a meter más goles en el recreo y, pues, tuve que aumentar mi ingesta de lonches para festejar como mi apodo mandaba. Lo único que adelgacé fue el cariño por mi abuela. Ahí sí quedé bien desnutridito.

Ya que mi mamá salió del hospital y dejé el cuartel, cuando regresé a la casa, una noche le platiqué entre lágrimas todo lo que había sufrido con la Generala. Entonces nos pusimos a sobarnos mutuamente la panza, yo su cicatriz recién estrenada por la operación y ella la que me acababa de dejar mi abuela en el alma. En eso precisamente ha de haber pensado mi mamá cuando me amenazó: Si convences a tu papá, te quedas en Guadalajara, ¡pero con mi suegra! Creía que le iba a huir a la Generala. No sabía que seis años después, en 1992, yo ya cargaba un arma secreta para defenderme: la máscara antigás de los Caifanes.

Me la puse desde antes de llegar al cuartel. La máscara estaba conformada por los audífonos a todo volumen que protegían mis oídos de los comentarios venenosos de la Generala. Gracias a esos guitarrazos disonantes podía ignorar sus regaños. De vez en cuando yo tomaba la ofensiva, aullaba a todo lo que daba mi alma, soñando que Yuri escuchaba mi canto. Pero la máscara me protegía contra sermones auditivos, no visuales. La mirada filosa de la Generala me aguijoneaba. Así que un día, para escaparme de su campo de tiro, me salí al patio y me puse a practicar la puntería con el balón. Aunque nunca puse a mi abuela de tiro al blanco, lograba sacar mi frustración pateando la pelota.

El problema era que yo me había quedado en Guadalajara para estar cerca de Yuri, pero no tomé en cuenta que el parque donde la veía por las tardes estaba lejísimos del cuartel. No tenía suficiente dinero para los camiones y sí bastante exceso de peso como para ir a pie. Como traía los audífonos puestos, nunca me di cuenta de que, cada vez que el balón golpeaba la pared, la casa entera fungía de caja de resonancia y retumbaba como si fuera un cañonazo. ¡Zambombazo!, hubiera ladrado tu tocayo Bermúdez de la Serna.

Un día le di mucha guerra a la Generala. Se hartó, salió al patio y agarró el balón. Me quité los audífonos para reclamarle, pero ni tiempo me dio. Le encajó un cuchillo varias veces: tres piquetes, tres rajadas, tres piquetes. Me entró pánico de que quisiera seguirle con mi jeta. Pero yo creo, o sea mi abuela todo el día leía novelas policiacas, yo creo que sabía que matar a alguien en un arrebato de rabia no era conveniente, siempre terminan por atrapar al asesino, al menos en las novelas, porque dejan un desmadre en la escena del crimen. Así que mejor respiró hondo. Hay quienes cuentan del uno al veinte para tranquilizarse, la Generala se puso a recitar los títulos de sus obras favoritas. Inhala, *Se anuncia un asesinato*, exhala. Inhala, *La muerte visita al dentista*, exhala. *Testigo mudo*, exhala y así hasta que se le calmó el pulso. Entendí la indirecta y mejor ya ni le reclamé por el balón ponchado. De su monedero sacó un billete de cincuenta mil pesos… No era millonaria, en 1992 todavía no existían los nuevos pesos, hasta el año siguiente le quitaron los tres ceros a la moneda. Además del dinero, me encomendó una misión: Tráete un litro de leche, pero ve a la tienda más lejana que conozcas, ¡y sin tomar ningún atajo! No me lo gritó dos veces.

Para cumplir mejor su mandato, decidí dar un rodeo por el Parque del Pulpo. Así le decíamos porque en el centro tenía un juego infantil al que te subías por alguna de las cuatro escaleras y luego te deslizabas por una de las otras cuatro resbaladillas, los tentáculos. En ese parque Yuridia pasaba las tardes jugando futbol. A mí me gustaba estar en su equipo y dejarme perder porque así nos tocaba platicar en una banca mientras hacíamos reta. Con el dinero de la leche me alcanzó para el pasaje, pero me tardé un chingo en llegar porque habían desviado las rutas de los camiones. Tenían que rodear hasta por allá donde a las ondas de la alegría les de miedo, porque habían cerrado la avenida Javier Mina para construir la línea dos del tren ligero.

Para cuando llegué al Parque del Pulpo ya se habían terminado las retas. Pero Yuri seguía ahí. Se había quedado a practicar dominadas con el balón. Una vez que se ponía a rebotar en sus muslos, la pelota jamás caía al piso. Como además de hacer dominadas era la mejor delantera del parque, de apodo le habían puesto Yurigol. Cuando llegué le pregunté si podía jugar con ella. Y lo más cabrón fue que, aparte de la pelota, nos pasamos la palabra de un lado al otro. Yo le aventaba una pregunta y ella me respondía con otra. Perdía quien dejara caer la plática. Mis temas de conversación siempre han sido muy limitados, así que lo único que se me ocurrió fue preguntar si le iba a las Chivas. Cuando ella mencionó al América se me cayó la pelota, pero no la palabra. Cambié el tema y quise saber si le gustaban los Caifanes. O sea, en lugar de perder el tiempo discutiendo la alineación de los cremosos del América, mejor disfrutarlo con la de la banda más perrona en la historia del rock mexicano… ¿No te parece, Rulfo? Dije del rock, tampoco es que seamos muy prolijos en ese género, ¿verdad? Pero más que la música, sus letras. Hay que ponerles mucha atención. Déjame lo busco. Por aquí tenía el casete en su cajita. Para que te eduques… En lo que lo encuentro te sigo platicando.

Yurigol era igual de maleducada que tú. Sin la más mínima hipocresía, me confesó que no le gustaban los Caifanes. Me dijo: Prefiero mil veces a Mecano, pero a mi novio sí le laten. Sentí bien feo. No porque oyera a Mecano, yo también caí en esa etapa. Tampoco porque mencionara a su novio, ya sabía que tenía. Lo que me dolió fue que ese pendejo se plagiara mis gustos. Es que de adolescente yo me creía muy especial, acá dizque original y hasta rebelde, oyendo *El Diablito* a escondidas para que no me regañara mi mamá. Y ahora resultaba que mis placeres secretos no eran más que una copia pirata de los de su novio ese tan sin chiste. Si ya lo conocía de vista, un perro abusivo… No te lo tomes tan a pecho, Rulfo. Es que ese vato se pasaba de tueste con sus veinticinco años. Yurigol todavía ni llegaba a dieciséis. Pero ¿tú qué vas a entender? Si ustedes procrean hasta con sus propios cachorritos... Entre humanos se llama estupro, y está mal.

Cuando Yurigol mencionó a ese criminal, pues yo, no sé, como que el pulpo del parque se me resbaló al cerebro. Sentí que sus tentáculos enredaban mis pensamientos, como si poco a poco empezara a ahogarme con una tinta espesa. Para seguir flotando en el mundo de Yuri, aunque fuera nadando de muertito, lo único que se me ocurrió fue atentar contra mi propio bolsillo. Que se me sale: ¿Quieres ir al estadio? Yo picho. Qué bárbaro ¿verdad? Apenas había podido pagar el camión, con el dinero que sobraba de la leche, y ahora la invitaba al clásico Chivas-América. A Yurigol yo creo que se le metió el chamuco porque ni se tentó el corazón ¡me dijo que sí! Se me vino encima la consciencia de clase. Luego luego pensé: Adiós al litro de leche, llegando relleno con agua el galón que queda en el refri. Pero pues con esa lanita no alcanzaba ni para las botanas en el estadio. Me fui corriendo y ya nomás alcancé a gritar: ¡pero tú te pichas los cueritos! … Sin albur, estaba nervioso.

Mira, ya encontré el casete. *Antes de que nos olviden.* ¿No te dije? Con todo y cajita. Lo voy a poner para que me des tu opinión. Y de fondo te platico cómo honré la tradición familiar de robar a mi abuela ¿Te parece?... El que ladra, otorga.

LADO A

1. DETRÁS DE TI

Échale, mi Rulfo! Tú sí sabes rasgar una guitarra, aunque sea imaginaria, chingado… ¿O me vas a salir con que se te subieron las pulgas otra vez? Pero si ayer te bañé, cabrón. Deja veo… Todo bien. Entonces tú síguele rascando hasta que revientes las cuerdas invisibles. Pero fíjate, además del requintazo, en la letra. Como si se hubieran inspirado en ti: *Voy detrás de ti / como un perro infeliz / voy detrás de ti / como una sombra vil…* Así estabas cuando nos conocimos, persiguiéndome hasta cuando me metía al baño. Sin pena, olfateando mis problemas más íntimos… Pero iba a contarte de la tradición familiar de robar a la Generala. Y ahora siento que yo soy ese perro infeliz. El nieto faldero detrás de las sombras de su abuela.

A la Generala se la robaron el día en que nació. Su propia manada. Era una jauría de robachicas, por no decir asaltacunas. Aunque ahora que lo pienso quizá también se la robaron antes de nacer. Déjame te explico. Su mamá Conchita, así le decían pero se llamaba Concepción, tenía doce años cuando un cabrón se la robó. Te estoy hablando de por ahí de 1913. Al señorito no le bastaba con ser plagiario, también se las daba de golpe de pecho. Supongo que no solo del propio, también del ajeno, junto a otras partes del cuerpo; pero ahora me refiero a que se las daba de muy religioso. Y como penitencia por haber violado mucho más que el séptimo mandamiento, el señorito decidió deshonrar aún más a Conchita y unirse a ella en sagrado matrimonio. Unas semanas después de que estos crímenes fueran bendecidos, Conchita cumplió trece años y su mayor deseo. Licha, su hermana mayor que oficialmente se llamaba Alicia, le horneó un pastel con una receta secreta. Creo saber el deseo que pidió Conchita al cerrar los ojos antes de soplar las velas. No alcanzó a apagarlas porque su esposo se abalanzó al pastel y empezó a tragárselo, así, sin partirlo ni nada, igualito a como tú te chingas mis sobras, canijo. A Conchita no le sorprendió la reacción de su marido, al contrario, era predecible. En vez de agüitarse, más bien se motivó, imaginó que la cabellera de su esposo era la flama de la vela y sopló con todas sus fuerzas. Nunca se supo si la vida de su marido se apagó a causa del atragantamiento, del deseo de cumpleaños de Conchita, o de la misteriosa receta de Licha.

A partir de entonces a Concepción ya no le dijeron Conchita, sino Viudita. Se regresó a vivir con sus papás. Ser una viuda de trece años en esa, y en cualquier otra época, es algo poco común. Seguía atrapada, pero la jaula ya no era el matrimonio forzado, sino el espacio entre la niñez y la edad adulta. Si quería hacer cosas infantiles, como brincar a la cuerda o jugar a las canicas, la regañaban porque ya era una señora, que además tenía que guardar luto por su marido. Y si quería hacer cosas de adulta, como discutir un pulque o beberse a un semejante, aunque sea con la mirada, le ponían una muñeca de cartón entre las manos y la encerraban en otra habitación.

Lo bueno es que esa otra habitación era la biblioteca de su padre, un abogado, para que veas que lo honrado me viene por herencia. La Viudita se ponía a leer en voz alta para la muñeca, igual que yo contigo. Hasta que un par de años después, me imagino que la muñeca ya tan culta, con tantas lecturas en su haber, le ha de haber aconsejado entrar en contacto con personas menos acartonadas, ágiles al escurrir y debatir, más de carne y seso, pues. Y al poco tiempo sucedió el milagro, o al menos así intentaron difundirlo sus padres tan persignados, como otra concepción inmaculada. Porque ¿cómo explicas que, dos años después de la muerte del marido, se embarace una viudita de familia tan beata? Ni modo que digas: Se le subió el muerto. Suena muy necrófilo, ¿verdad? Claro que esa puntada de la inmaculada concepción no surtió, ni zurció, efecto alguno. Faltaba la destreza de un cura que urdiera esa chambrita con paciencia… Se me fue el hilo, perdón. ¿Qué te estaba tejiendo?...

Ya. El parto de la Viudita no fue tan sin mancha. Y deja tú la fuente, se le rompió el alma. Imagínate, Rulfo, que te arrebaten a tu cachorrito recién nacido. Porque los papás de la Viudita, según ellos, no estaban dispuestos a dejar manchado el honor de la familia. Así que en cuanto dio a luz a su bebé, Octaviana lo dio en adopción. Octaviana era la mamá de la Viudita. Pinche nombre, ¿verdad? Y salió más ruda que Octagón. Con sus ocho tentáculos de robachica profesional. A medianoche le quitó al bebé y se fue a dejarlo a las puertas del Hospicio Cabañas. Había sido un alumbramiento bien oscurantista, no creas que en un hospital con instrumentos esterilizados y eso, fue ahí en un rincón de la cocina y con las cortinas cerradas para que ningún vecino espiara por la ventana. Y cuando la Viudita despertó y se dio cuenta de que le habían hecho perdedizo al bebé, intentó levantarse y reclamar, pero no le alcanzaron las fuerzas.

A la noche siguiente, cuando sus papás dejaron de vigilarla para irse a dormir, su hermana Licha tuvo que entrar a escondidas a la casa porque Octaviana la había corrido un par de años antes. Ella también había tenido un bebé, pero sin haberse casado ni enviudado. Licha no llamaba Viudita a su hermana, le decía Concha. Y se coló a la casa porque quería felicitar a su hermana por convertirse en madre. Al entrar a la habitación de Concha, Licha se sorprendió al no ver ninguna cuna, ni mucho menos bebé alguno. Entendió que Octaviana había vuelto a regalar un hijo de sus hijas. Así como a ustedes, Rulfo, cuando tienen una camada, que los humanos les arrebatan a sus cachorros y los venden o los regalan a quien esté dispuesto a aguantarlos por un rato antes de abandonarlos en la calle. Licha no había tenido entre los brazos a su propio hijo ni siquiera diez minutos.

Al ver a Concha sin su bebé, Licha se enchiló. O, más bien: se enlichó. Sacudió a su hermana y cuando ésta despertó le preguntó si había parido niña o niño. Aún adolorida, lo único que Concha pudo balbucear fue: Quería una niña. Sin esperar más explicaciones, Licha se fue directito al Hospicio Cabañas… Sí lo conoces. Ya no es un orfanato, ahora es nido de artistas huérfanos de público, recogidos de la beneficencia estatal. El otro día fuimos a que bautizaras una escultura… Ándale, donde te dio el mal de orín. Era un árbol demasiado abstracto.

Pues Licha llegó al Hospicio Cabañas como a las dos de la madrugada. Evidentemente estaba cerrado, y qué bueno porque ni modo que fuera a tocar a la puerta y a decir vengo a llevarme a mi sobrina. Sí, cómo no. Porque imagínate, primero ¿cómo compruebas que eres familiar de un bebé abandonado? En esa época no había pruebas de ADN, ni de parentesco ni nada. Además, supongo que ya era delito desamparar recién nacidos…Sí, abandonar perros también debería serlo. No seas tan egocéntrico, por más que te la pases dando vueltas persiguiéndote la cola, no todo gira en torno tuyo. Existimos otras especies. Algunas incluso muy dignas de estudiar. Porque tienen habilidades increíbles, como la tía Licha.

Fíjate, Licha se brincó los muros del hospicio. A ti a lo mejor no te apantalla porque puedes impulsarte con cuatro patas y si te pongo una chuleta pegada al techo la alcanzas. Pero los humanos no somos tan aventados. Las paredes esas yo creo que miden cuatro o cinco metros de altura. Ahora sí que Licha hizo un jonrón: se voló la barda. No de un solo impulso, ni que fuera salto con garrocha. Escaló por una de las ventanas que dan al mercado de San Juan de Dios, junto a la fuente donde te llevo a tomar agua. No sé a tanto detalle cómo pasó todo, no me llegó el chisme completo. Lo que sí sé es que se brincó y se puso a buscar por todos lados hasta que dio con el cuarto de los cuneros. Había seis cunas. Iba a ponerse a ver cuál bebé se llevaba, el que se le hiciera más simpático. Pero como oyó pasos acercándose, tuvo que agarrar al que tenía más cerca y esconderse rápido detrás de la puerta. Eso la verdad no se me hizo muy inteligente, porque si entraba alguien e iniciaba un forcejeo, ni modo que se lo agarrara a bebesazos. Mejor hubiera agarrado una sonaja o un biberón, algo sólido con que pudiera picarle los ojos al atacante.

Por suerte no entró nadie. Igual que se acercaron, los pasos se alejaron. Licha ya iba a irse, pero antes revisó al bebé. Tenía pene. Como su hermana quería una niña, mejor lo cambió por otro. Los pasos se acercaron de nuevo, así que Licha no tuvo tiempo de revisar más bebés y escoger a la más risueña. Se deslizó pegada a las paredes, se atoró a la recién nacida entre la blusa y el pecho y luego se salió del hospicio. Por la puerta. Por dentro sí podía abrirse.

Concha aceptó como a su propia hija a la bebé que le entregó Licha. Si efectivamente era la que había dado a luz, nunca hubo forma de saberlo. Años después, cuando conoció esta historia, mi abuela tuvo problemas de identidad.

Decía que no sabía si en verdad era ella misma, o si Licha se había robado a otra y la había olvidado en el orfanatorio. De vez en cuando se preguntaba: ¿Qué estará haciendo ahorita mi verdadera yo? Y luego se contestaba: Ha de estar sufriendo por las mismas tarugadas.

Dicen que las madres reconocen a sus crías por el olor. Yo creo que a Concha no le importaba el aroma de su bebé. Y como ya se iba recuperando del parto, pues ahora sí se aferró a ella.

El robo al Hospicio Cabañas sucedió la madrugada del viernes nueve de abril de 1915. Esa fue también la fecha de nacimiento que Concha escogió para su hija. Yo creo que estuvo bien, porque a lo mejor era la bebé de otra persona y había nacido otro día, pero fue el nueve de abril cuando ella finalmente pudo tenerla en su regazo. Fue una Semana Santa. Un viernes de Dolores. Por eso Concha llamó así a su hija, quien posteriormente también sería conocida como la Generala, alias mi abuela. Esa misma madrugada del nueve de abril, Licha se coló a la recámara de sus padres. Los despertó y les dijo: Su nieta se llama Dolores, si se la arrebatan de nuevo a Concha, a ustedes también les voy a dar una probada de mi receta secreta.

Octaviana y su esposo captaron la advertencia. Así que se resignaron, si no a aceptar, al menos a no expulsar de inmediato a la nueva integrante de la familia. No era la primera nieta, su hijo Felipe, el telegrafista que vivía en San Marcos, ya les había dado un nieto, por lo que cualquier sentimiento de novedad quedaba descartado.

Ojalá ese hubiera sido el único robo perpetrado por mis ancestros, Rulfo. Pero con esto apenas comienza la leyenda criminal de mi familia... Y eso que hablo nomás de la parte que conozco. Porque cuando viví con la Generala me enteré de mucho, no creas. A la larga me gané su confianza. Pues sí, su nieto faldero. Ahora que lo pienso, yo creo que los Caifanes se inspiraron en mí con eso de: *Voy detrás de ti / recogiéndole la piel*. Porque yo iba tras la historia de mi abuela, juntando las anécdotas que dejaba caer a su paso. Aunque eso de: *Voy recogiendo lágrimas / en un vaso de papel*, eso sí ni madres. Porque su vida, por más chingadazos que le haya tocado dar y recibir, tampoco es que sea más lacrimógena que la de cualquier otra persona. Y aunque haya bastante llanto, no lo guardé en ningún conito de papel, si acaso en un jarrito de Tlaquepaque, porque nomás me acuerdo y luego luego me rompo.

Bueno, tampoco se trata de venir a ventilar nomás los trapitos de los demás y esconderte los míos. Como te decía, Rulfo, yo también robé a mi abuela. Pero antes de juzgarme, chécate la intro que sigue. Hasta parece desodorante. Es un rolón de antología.

2. ANTES DE QUE NOS OLVIDEN

¿A poco no está bien fumada la letra, mi Rulfo? *Antes de que nos olviden / nos evaporaremos en magueyes / y subiremos hasta el cielo / y bajaremos con la lluvia.* Es que yo creo que eso sucede cuando nos morimos. Los que se quedan se empedan con nuestra vida. Se la pasan pisteando los recuerdos mutuos y, como en cualquier borrachera, no dejan que te largues: Hay que chuparnos otra anécdota, por favor, déjame ahogarme con aquella vez que te derramé insultos en la cara. Y así, girando como pirinola en el pasado. Después, ya que los vivos acaban fumigados por la nostalgia y no pueden ni mantenerse en pie, cuando se quedan dormidos, entonces sí los muertos se elevan. Ahí todavía no los olvidamos, pero al menos no los estamos recordando todo el santo día. Se evaporan en la noche verdadera, que no es el cielo sino el infierno, el abismo de las pesadillas donde los fantasmas nos hacen escenitas a los vivos. Nos reprochan y fingen no perdonarnos. Eso de *bajaremos con la lluvia* ni necesito explicártelo… Ándale, significa la cruda después de la peda, la tormenta de quienes necesitamos eructar nuestros muertos para sentirnos mejor, expulsar lo que recordamos, recomponer y platicar sobre quienes se nos fueron. Con esas historias regurgitadas salpicamos al que se deje. Algunas veces esos fluidos, además de limpiar, nutren. Así es que provechito, Rulfo, atáscate ahora que hay vómito…

Te platiqué que había invitado a Yurigol al estadio, pero que no tenía ni un quinto. Del Parque del Pulpo salí corriendo y en cuanto llegué a la parada del camión ya sabía que jamás me iba a alcanzar para los boletos. Ni clavándome diario lo que la Generala me diera para la leche. Así que cuando llegó el camión le pregunté al chofer: Compa, ¿me dejas echarme un palomazo? Y el compa me barrió con la mirada, de arriba a abajo, buscando dónde traía la guitarra, la armónica, las maracas o aunque fuera el triangulito. Le expliqué en qué consistía mi gracia: Me sé de memoria la nueva de los Caifanes. Y resulta que el chofer también salió conocedor de música. Fíjate, quitó la rola que traía, apagó las bocinas y hasta cambió las luces del pasillo del camión. Lo convirtió en un karaoke rodante, con iluminación de neón y toda la cosa. Me tronó los dedos: Órale, compa, trépale. Y ahí voy como chango a dar mis maromas guturales.

Me puse los audífonos, no porque no me supiera toda la letra de la canción, sino para no escuchar los abucheos ni la risa de los pasajeros, en caso de que se me saliera un gallo. Y ya con esa protección me animé a echarle enjundia, a rasgar mis vestiduras y los tímpanos ajenos: *Antes de que nos olviden / romperemos jaulas / y gritaremos la fuga / no hay que condenar el alma*. Condenados pasajeros, se la tomaron literal. Se dieron a la fuga en la siguiente parada y sin mocharse siquiera con un móndrigo centavo. Si hoy me subiera a cantar en los camiones, tendría más ganancias. Ya aprendí que el truco está en hacer del autobús una jaula. Sutilmente. Ya ves que los profesionales ahora se avientan su discurso: Honorables damas y caballeros, si así yo lo desease, podría bloquear la puerta de este vehículo, plantarme en el umbral con un revólver e impedirles descender hasta que me obsequiasen sus riquezas; mas sin embargo solo aspiro humildemente a que me endosen una monedita, la que su generosa voluntad desee, porque así como la crisis me ha dado la fuerza necesaria para transformar mi vida y entregarme en cuerpo y alma al desempleo formal, les vengo ofreciendo la oportunidad de que se socorran a sí mismos para que yo no transforme su muerte en un titular digno de la nota roja. Porque en el pedir está el dar, Rulfo, con un alegato así ni hace falta echarse una canción ni nada, la gente recontenta, además del billetito hasta te da sus bendiciones.

Yo no alcancé a poner en práctica dicha metodología tan innovadora. Mi experiencia en el oficio de la farándula quedó en debut y despedida. Ofrecí conciertos en los cuatro camiones que necesitaba para llegar a la casa de mi abuela, pero no saqué ni para la botana del estadio. Así que nomás ese día ejercí de vocalista. Y por el momento me pareció inútil robarme el dinero de la Generala. Por mi edad aún no me vendían alcohol. Así que decidí comprar otra bebida adulterada para ahogar mis penas: tres litros de leche rebajada marca sello piojo.

Cuando me estaba empinando el segundo vaso de alcohol imaginario pero bien pasteurizado, la Generala tosió en su habitación. Creí que iba a regañarme, no sabía por qué, si por chupar demasiados lácteos o simplemente por haber regresado a su casa. Nada, ni siquiera salió de su cuarto. Me acosté, pero no dormí. Me la pasé en vela averiguando cómo podía conseguir lana. El cuarto en que estaba era muy pequeño, cabía un catre, pero yo no cabía en él. Me salían volando las piernas y tuve que descansar los pies en uno de los libreros. No era una habitación para visitas, mi abuela nunca recibía a nadie. Era su biblioteca. Aunque ahora que lo pienso, los libros eran sus huéspedes distinguidos. De tanto darle vueltas en la cabeza al problema de cómo conseguiría dinero para comprar los boletos, acabé por marearme. Sentí como si estuviera en el camarote de un barco en alta mar. Entonces, en mi borrachera de pirata del caribe, se me ocurrió: ¿Y si trafico libros?

Tiré por la borda esa idea. En aquella época no creía que alguien deseara libros de segunda mano. Después me convertiría en un corsario de novelas subrayadas. Hoy surco los tianguis en mi barca repleta de poetas, con algún cuentista de polizón. Pero aquella noche, naufragaba en medio de una tormenta de ideas pésimas. Entre olas de imágenes de asaltos bancarios y holas sensuales de compañeros de celda, fui a dar al fondo de un librero, me estrellé con un cofre de madera y acabados de metal. Puse el seguro en la puerta. Pensé: Ya di con el tesoro de la Generala, por eso ha de estar tan amargada, se la vive escondiendo su fortuna, temiendo que se la robe algún pinche nieto malagradecido. Abrí el cofre deseando que un resplandor dorado me cegara. Lo único que nubló mi vista fue una erupción de polvo. Después de una serie de estornudos me escurrió lava por las narices. Cuando finalmente mis pulmones se vaciaron me encontré con que el cofre no guardaba lingotes de oro, solo fotografías y cartas de una época que, en vez de dorada, parecía haber sido sepia.

Me impresionó la imagen en tonos ocres que mostraba una habitación igual de pequeña que en la que me encontraba. Las paredes estaban decoradas con periódicos, con algunas páginas de cabeza. Su función no era recordar noticias importantes, sino tapar agujeros en las paredes pare evitar el paso del frío. Y de las miradas. Había telas regadas por el piso, no alcancé a reconocer si eran prendas enteras o retazos. Además de un buró con una botella de vidrio sin etiqueta y vacía, había un catre demasiado parecido al que ahora me sostenía, y encima de él una mujer recostada. No estaba durmiendo, se estaba evaporando. ¿Por qué razón guardaría mi abuela la foto de un cadáver? En ese momento yo no sabía quién era. No me hizo falta el nombre para grabarme su imagen, Rulfo, y que esas mejillas marchitas sigan frescas en mi memoria hasta hoy que te lo platico. Como si esa foto constituyera un nombre, una especie de onomatopeya visual que se reveló en el cuarto oscuro de mi adolescencia. A esa edad aún no había sufrido la muerte de ningún ser querido, percibí el hallazgo como una advertencia, un eco del futuro.

Las cartas que encontré las leí nomás por encimita. No soy un metiche cualquiera. Me vi obligado a hacerlo porque a lo mejor en alguna decía dónde estaba el tesoro de verdad. No encontré nada lucrativo. Una sí me impactó, un mensaje de amor. Yo era adolescente. Y virgen. La leí buscando algún consejo para acercarme a Yurigol. Encontré puras cursilerías que me daban pena ajena. Se me hizo muy raro que la Generala tuviera eso, así que me salté al final para ver quién la había escrito. ¡La carta venía firmada por el mismísimo Lázaro Cárdenas! En la madre, pensé. Estaba espiando secretos de Estado, confidencias de General a Generala.... ¿No sabes quién es Lázaro Cárdenas? Pinche Rulfo tan antipatriota. Un líder de la manada mexicana.

Yo lo conocía porque salía en todos los libros de texto de la escuela, con lo de la expropiación petrolera y ese desmadre. A la hora de leer la carta con más paciencia descubrí que no la había escrito para la Generala. Iba dirigida a su queridísima Alicia, o sea la tía Licha, la que expropió a mi abuela del Hospicio Cabañas. E hizo bien, porque el fósil de la Generala vale más que cualquier otro dinosaurio. Aunque Octaviana pensaba que salía muy cara y hubiera preferido concesionarla a un orfanato. Fíjate, la Generala, o Lolita, hablo de cuando aún no llegaba ni a cabo, para mí fue una niña genio. Ella decía que se había desperdiciado, que tenía mucho potencial y hubiera podido hacer cosas grandes, pero que sus circunstancias se lo impidieron. Yo creo que sí hizo un chingo, pero los Generales son muy ególatras, si no logran conquistar al mundo, hacer una revolución cabrona o por lo menos firmar la paz mundial, creen que su vida no sirvió de nada. Como si ser inútil fuera peor que ser utilizado, seguir órdenes a lo pendejo, como perros amaestrados… Aquí está tu croquetita, pues. Deja te sigo comentando.

Y si Lola no fue niña genio, al menos sí fue de ingenio. A los tres años aprendió a leer, ¡en una semana! Mucho más rápido de lo que te tardaste en entender que solo puedes cagar en el patio. Lo hizo porque veía que era lo que más le gustaba a su mamá. Después me confesó que el recuerdo más vivo que tenía de Concha era cuando la arrullaba en su regazo y le leía en voz alta. Como tú y yo, pinche Rulfo. Nomás que, en vez de literatura perrona, le ofrecía puras novelitas pías. Genoveva de Bravante y eso… el nombre a mí también se me figura de aventuras eróticas: Genoveva depravante. Pero no, son historias inocentonas y medio religiosas. Eso fue lo que Lolita mamó durante su primera infancia. Aprendió a leer para seguir nutriéndose. Lo primero que consumió fue el silabario de San Miguel, todavía a los setenta años se lo sabía de memoria: Ababeoba seasa babosa... y sabe qué. Pero cuando les presumió a sus abuelos que ya podía leer por sí misma los deslices de Genoveva, en lugar de felicitarla, Octaviana la regañó: Muchachita tonta, ahora vamos a tener que gastar en libros.

Ahora que lo pienso, a lo mejor la Generala me trató como su propia abuela la maltrató a ella. Quizá sea inevitable hacer eso con los nietos. Cuando tengas tus cachorritos, Rulfo, aléjalos de mí, no vaya a querer honrar la tradición y les moche la cola y las orejas…. Mejor te platico de cuando a Lolita le vieron la cara de Texas y se la regalaron a Estados Unidos.

Concha era consciente del maltrato de Octaviana a Lolita. Así que decidió llevársela al otro lado. Yo creo que Concha presintió que ella misma no tardaría en tener que cruzar la frontera verdadera, la que separa la vida y lo inerte. No quería dejar a Lolita de mojada con Octaviana, lo digo por el río de lágrimas. Concha, que a pesar de todo seguía siendo tan católica como su madre, confesó su plan a un cura y éste, fíjate, Rulfo, en todos lados se cuecen habas, le ayudó. Le dio la dirección de un orfanato muy piadoso, donde incluso les enseñaban un oficio a las niñas. Y si mostraban cualidades hasta podían hacerse monjas, así dijo el sacerdote, pues, como si fuera un premio.

La cosa es que la fábrica de monjas estaba en El Paso, Texas. Además del domicilio, el cura le dio a Concha algo más poderoso que la bendición: una carta de recomendación. Como todas, llena de mentiras. Puso, así, que la feligresa de su parroquia, Doña Concepción Gómez, había rescatado a esa criatura inocente de las garras de una pareja pecaminosa a la que Dios aún no había castigado bastante, y que ahora se había impuesto la misión de salvar el alma de esa criatura, llevándola lejos del alcance de sus demoniacos progenitores y poniéndola al amparo de la caridad de... y sabe cuántas palabrotas más puso. Se llaman mentiras piadosas, Rulfito mío. La verdad impía es que en 1922 Lolita ya tenía sus siete añotes y fue cuando emprendieron el viaje al Paso. A paso de gallina. Se fueron en camión pollero.

Mamá Lola no se acordaba de ningún control fronterizo ni nada. Nomás de que se fueron leyendo todo el camino. Qué cómodo y qué distinto a como cruzaron mis padres setenta años después, ¿no? Mi papá se fue primero con los coyotes en un tráiler de una empresa de juguetes infantiles. Y cuál leer, puro irse asfixiando junto a las otras veinte piñatas humanas que iban todas encimadas. Cuando querían ir al baño, nomás había una cubeta, se ponían a cantar: dale, dale, dale, no pierdas el tino... O algo así. Y no perdieron el camino, después de quién sabe cuántas horas llegaron a su destino, no sabían dónde estaban pero ahí los bajaron, en una calle desierta cerca de Houston, también Texas. El tráiler arrancó y los dejó a su suerte.

Mi papá me platicó que le tocó de compañera de viaje una señora como de setenta años que no hablaba ni español ni inglés. Y dice que cuando los abandonaron ahí y se fue el camión, la señora se puso a llorar. Las lágrimas sí las entendían, pero no la lengua. No sé cuál idioma habrá sido, yo no estaba presente, no la oí. La señora sacó un papelito con un número apuntado. Sabían que era un teléfono pero nadie traía celular ni nada, en ese tiempo solo la gente con lana. Se dividieron en grupitos para no llamar la atención de la migra y agarraron rumbo distinto. Mi papá iba con el de la señora. Después de como dos horas se encontraron una cabina telefónica. Ahí la señora hizo una llamada y como la vieron ya bien contenta los demás empezaron a caminar de nuevo, pero ella les hizo señas de que se quedaran. Veinte minutos después llegó una camioneta. La señora habló con el conductor. Luego éste se bajó y en inglés le dio las gracias al grupito por haber ayudado a su tía. Mi papá ya iba a decirle que en realidad no habían hecho nada, que ni la entendían. Pero cuando el conductor les abrió la puerta nomás le sonrió. El sobrino les dio un raite a los cinco del grupito. A mi papá lo bajó en la mera puerta del amigo que le había prometido chamba.

Mi mamá la tuvo todavía más fácil porque sí se pudo ir con documentos. A lo mejor no eran legales, no estaban a su nombre, yo creo que eran robados, pero eran buenos. Cruzó la frontera con la identificación de otra persona. El pasaporte era original, la falsificación era mi mamá. Vivió como quince años siendo la copia de una tal Griselda Ramírez. Trabajando, con seguro social y todo. La verdadera Griselda no sé, supongo que algunos contratiempos ha de haber tenido, que no la atendieran en el hospital, tendría que pagar multas de infracciones que ella no cometía, no sé. Ahorita mi mamá ya recuperó su identidad, nombre y apellidos completos. Aunque siga sin la ciudadanía yo creo que ya no la retachan.

Pero te estaba contando de Lolita, Rulfo, no me dejes divagar. Antes de fallecer, Concha internó a su hija en la fábrica de monjas del Paso. No se murió inmediatamente. Todavía tuvo tiempo de volverse a casar allá en el gabacho, pero ahora por decisión propia y con un hindú. Los de su familia tan católica, no es que esa gota haya derramado el vaso, ya estaba todo bien chorreado, pero sí se atragantaron con la noticia. Porque Concha a pesar de todo les escribía cartas, a su mamá Octaviana y a su hermana Licha. Algunas seguían en el cofre del tesoro de Mamá Lola. Mi abuela no conoció al señor hindú, ni recordaba su nombre. Además, decía que le daba tirria esa otra religión. Por lo de las reencarnaciones. Porque para la Generala el premio mayor sería no haber nacido y no entendía cómo había gente que se alegraba creyendo que después de la muerte iban regresar a este mundo. Sarta de masoquistas, decía. Y Lola pensaba eso no solo de viejita, desde que tenía siete años. Ah qué muchachita tan filosa, le decían las monjas, por filosófica y por tan cuchillito de palo. Es que, imagínate, Lolita estaba acostumbrada a leer, que se parece mucho a pensar, y en voz alta. Y a las hermanitas de la caridad las socorría con puras cuestiones punzantes. Convirtió las clases de religión en un suplicio para sus maestras.

Un día Lolita le dijo a Sor Manuelita… Sí, Rulfo, era un orfanato en Texas, por eso mismo la mayoría de las niñas eran mexicanas o hablaban español. Claro que también enseñaban inglés, aunque Mamá Lola de lo único que se acordaba era de cómo decir siéntate. Se lo gritaban a cada rato. Igual que a ti, Rulfo: sidonéate. El caso es que un día Lolita le dijo a Sor Manuelita: Sor Manuelita, explíqueme, si Dios es omnisapiente, fíjate, pinche Rulfo, las palabrotas que Lolita venía manejando a los siete años, si Dios es omnisapiente e incluso conoce aquello que sucederá en el futuro, y si ni siquiera el cabello más pequeño de mi cabeza oscila sin que el sumo creador así lo deseare, luego entonces ¿acaso Dios es malvado? Porque él le concede a la malicia inundar este mundo. Y enseguida, fíjate, Rulfo, Lolita tan pedagógica, se lo explicó a Sor Manuelita de nuevo, pero en palabras menos rimbombantes para que la monja le entendiera: Si yo tengo una caja con unos perritos, y sé que en esa caja hay un perrito malo, que matará a mordidas a todos sus hermanos, pues yo mejor mato al perrito malvado para que vivan los cachorritos buenos; pero Dios no, él deja vivir al perrito malo, por lo tanto: Dios también es malvado.

Ves, Rulfo, por esos silogismos tan fascistas es que le puse la Generala. Si por ella fuera, le aplicaba a Dios un golpe de Estado. Y a mí me hubiera sacrificado de cachorrito. Pero Sor Manuelita en vez de discutir, no sé, de argumentar algo del libre albedrío o de cualquier otra cosa, se desesperaba y le gritaba: ¡Tú salte del salón con tus perritos! Y pues Lola pasaba la mitad de las clases sidoneada sola en el patio. Por eso se hizo tan inteligente, porque otra monja, Sor Carmelita, se apiadaba de ella y como sabía que le gustaba leer le llevaba libros para que se entretuviera. Un círculo vicioso: Sor Manuelita busca que la niña deje de incendiar las clases y Sor Carmelita le lleva combustible para que la flama amarre.

A sus setenta años, la pirómana de mi abuela sonreía al recordar esa época. Porque además de lectura calientita tres veces al día, veía a su mamá Concha casi diario. El orfanato tenía reglas muy estrictas, los días de visita eran solo los domingos. Pero las monjas hacían una excepción con Lolita, aceptaban que Concha estuviera con ella todo el rato que quisiera. A lo mejor lo permitían para que Lolita pasara menos tiempo con las otras niñas y no las contaminara. O quizá también por empatía con Concha, que cada día tosía más fuerte. Lolita alcanzó a imaginar un futuro más o menos agradable allá en El Paso. Pero su intento de golpe de Estado terminó en golpe del destino.

Un jueves, en lugar de libros, Sor Carmelita trajo una bolsa de caramelos. Lolita descifró el mensaje. Arrojó los dulces al suelo y abrazó a la monja. Sor Carmelita le rogó que dejara de llorar, y le dijo que su mamá ya era feliz porque se había unido a diosito... Suena a que esa monja se divertía con la lotería del destino: Se va y se corre con la vieja del rompope: al que blasfema le arrebata a su madre: Diosito. No seas mamón, Rulfo, no juegues con eso.

Mejor deja le adelanto a mi casete y le volvemos a poner *play* en 1992. Estaba en la biblioteca de mi abuela, impactado por la foto de aquella mujer muerta sobre un catre. ¿Sería mi bisabuela? ¿Alguna tía lejana? En ese entonces yo ignoraba sus nombres, el de la difunta y el de las demás personas que aparecían vivas en esas fotografías. Sin embargo, tuve la sensación de que ellas sí conocían el mío, como si supieran todo sobre Salvador Cuevas Dávila. A lo mejor estaba bajo los influjos de la rola: *Aunque tú me olvides / te pondré en un altar de veladoras / y en cada una pondré tu nombre / y cuidaré de tu alma.*

Sentí que una lluvia, una granizada de espectros desconocidos descendían a protegerme. Y ahí me espanté. Escuché que alguien abrió el cancel de la casa. Como además de miedoso soy pendejo, en vez de esconderme fui a asomarme a ver qué fantasma venía a llevarme. En la penumbra descubrí la mano pachona. La de mi tío Hércules. Con solo tres dedos. Los reconocí y me calmé. Pero seguí escondido. Los vi así, muy sigilosos, dejar un sobre en la mesa del comedor e irse. En chinga fui a ver qué era y ¿qué crees? ¡Lotería! Las entradas para el clásico América-Chivas...

Claro, todavía venían en forma de dinero, pero nomás había que ir a transformarlos en boletos. Seiscientos mil pesotes traía el sobrecito. Es que mi abuela no tenía pensión. Normalmente mi papá también le pasaba algo. Pero como se acababa de gastar todo en los coyotes y en la nueva identidad de mi mamá, pues mi tío se tuvo que mochar con el doble. Para comida, luz, agua, renta y comidas del nieto arrimado. Desde hacía años que Hércules no le hablaba a su propia madre.

Traían broncas. Pero yo no tenía vela en ese entierro ni estaba peleado con la lana. Así que le hice caso a mi chamuco interno. Crucé los dedos y me robé el sobre. *Amén.*

3. LA VIDA NO ES ETERNA

Al día siguiente me desperté bien temprano y me salí de la casa sin desayunar. No quería arriesgarme a que la Generala me interrogara sobre su lana que misteriosamente había desaparecido. Una cosa es robar a la discre y otra muy distinta mentirle en la cara a la gente. Además, también tenía que madrugar si quería alcanzar boletos. Me fui directo a las taquillas del Estadio Jalisco. En esa época no existían las mamadas esas de comprar en línea. Bueno, sí, pero en línea de personas. Tenías que formarte detrás de una fila enorme. Tardaban más en atenderte que lo que duran los partidos que se van a tiempos extras, penales y muerte súbita.

Llegué a las seis de la madrugada y había una filonona como de cincuenta desquehacerados.

Cincuenta y uno conmigo. En la taquilla había un letrero avisando que por motivos de fuerza mayor abrirían hasta las diez de la mañana. Me dio gusto el retraso, así tenía un pretexto para hacerme la pinta de la secundaria. A las diez de la mañana la cola ya andaba por las quinientas personas. No te miento, es que era el clásico, Rulfo, lleno seguro. Mi objetivo eran dos boletos de la zona C, los más baratos, hasta arriba. Porque la zona A, la de abajo, aparte de más cara, era menos higiénica. Los del segundo piso marcaban su territorio en la cabeza de los de la planta baja. La gente levantaba la patita y se ponía a orinar así de una tribuna a otra como tú comprenderás. Bueno, un poquito más civilizadamente. Cuando se terminaban la botana, iban a los baños con el vasito de los cueritos, ya vacío, y lo rellenaban con agua de riñón. Luego se lavaban las manos, con jabón y todo, pues sabían las cochinadas que habían consumido. Y entonces sí regresaban a las gradas y aventaban el agua bendita a las personas de abajo. Era el bautizo comunal: Culeeeros, culeeeros.

Estaba yo pensando en que mi nombre no estaba tan culebra como el de mi abuela, cuando un señor salió de la taquilla y dijo que los boletos iban a ponerse a la venta a partir del día siguiente. Al pobre don, lo rociaron no solo de mentadas de madre. Es que llevábamos casi cinco horas ahí en la fila. No había baños y el público asiduo de la zona C ya empezaba a entrenar con sus vasitos.

A mí me tocaron algunas chispitas. Pensé, no tiene caso ir a la secundaria nomás a que me agarren de carreta por mi olor. Tampoco quería regresar a casa de Mamá Lola y arriesgarme a que me interrogara por su dinero. Pasaron varios minutos y nadie se movía. Ya ves que los humanos somos como fotocopiadoras, repitiendo lo que otros imitan. Pues todos hicimos la misma borregada: falsificar la inacción.

Aunque estaba inmóvil por fuera, por dentro me puse a cantar. Le subí el volumen al *walkman* y para soportar la espera exprimí las letras de los Caifanes. Primero vaciándolas para luego rellenarlas de sinsentidos: *Mira que la fila no es eterna / en cualquier momento nos orinan / mira cómo se te cae / todita la cremallera…* Lo que más te gusta de mi historia es la mezcla entre realidad y micción ¿verdad, Rulfo? Bueno, ya hay que acostarnos porque si no mañana vas a andar desvelado y ya ves cómo te apendejas cuando no duermes bien. Te cruzas la calle sin mirar a ambos lados y luego hasta dejas que te acaricien extraños. No creas que no me doy cuenta. En la cama me sigues lamiendo todo lo que quieras, con tu salivita sí me dejo bautizar. Ándale….

¿Qué te estaba contando?... Cierto. Avisaron que iban a abrir la taquilla hasta el día siguiente. Pero dejemos a mi yo del pasado esperando en la fila, porque está enorme, y mientras te platico lo que pasó cuando falleció Concha. Nos quedamos en que había metido a Lolita a una fábrica de monjas en Texas. Antes de morir, Concha le escribió a su hermana Licha una carta donde le contaba que estaba enferma. La carta la guardaba Mamá Lola en el cofre que me encontré y ahora yo la tengo. No te la he enseñado ¿verdad? ¿Quieres leerla?... Entonces nomás te la platico porque si no, no vas a entender cómo estuvo la cosa.

Además de lo del internado de Lolita, Concha le platicó a Licha lo de la tuberculosis y le dijo que en caso de que Dios quisiera llevársela con Él, su última voluntad era que Lolita se quedara en El Paso, dizque porque ahí tenía un mejor futuro que en Guadalajara, le iban a enseñar un oficio y sabe qué tanta cosa. Como no quisiste que te leyera la carta, te chingas, porque no me acuerdo de los puntos y comas. Lo que sí se me quedó grabado fue la letra, la grafía, de unos trazos como si los hubieran hecho durante un terremoto. Pero a Licha, el epicentro de la infancia de Lolita, le brotó de nuevo lo robachicas. Valiéndole queso la última voluntad de su hermana. Se fue a los Estados Unidos a expropiarles a Lolita. Cómo de que no.

Licha no podía concebir que su sobrina viviera tan lejos de la familia. Ha de haber pensado, no me robé a una niña del Hospicio Cabañas para que luego su mamá la regale a un hospicio gringo. O a lo mejor creyó, una vez muerta Concha, que heredaba la maternidad ¿no? O quién sabe qué carajos pensó. Quizá nada, porque en vez de quedarse meditando, papando moscas en la inacción total, mejor actuó. E hizo todo el teatro completo. Se fue a El Paso a hacerles un escándalo a las madrecitas, que devuélvanme a mi hijita putativa, que tengo la patria potestad, y hasta les sacudió en la cara un sobre, cerrado, como si los pasajes del camión fueran la orden de un juez.

Las monjas no se tragaron la escenita, pero le entraron al teatro. Era la oportunidad de librarse de esa niña que pensaba en voz alta. Le pidieron a Licha que firmara un documento y luego la dejaron llevarse a Lolita. Así mero fue cómo en 1923 se realizó la expropiación de Dolores. Lázaro Cárdenas se inspiró en ella para hacer la del petróleo… ¿No te acuerdas que él y Licha eran pareja? Antes de que fuera presidente, claro. Ahí siguen sus cartas cursis, luego te las leo. Aunque algunas no las firmó con su nombre ni su rango militar, pero sí es la misma letra que en las otras. En esas cartas se nota que era el presidente más honesto que ha tenido el país, porque al final siempre cerraba con su más sincera rúbrica: "Tu horroroso".

Lolita lo conoció de niña, cuando iba a visitar a Licha. Decía que era imponente. Si entraba a una habitación, todos se callaban y se ponían de pie, hasta que les diera permiso de sentarse. Todos menos Licha. A ella le valía. Hasta eructaba al verlo. Por chingarlo, no nomás porque estuviera peda. Eso no te lo había dicho ¿verdad? Que era alcohólica. Le entraba duro, yo creo que conoció al General en el restaurante donde trabajaba de mesera. Mamá Lola nunca me confirmó que fuera mesera, yo me lo imagino, pero a lo mejor son solo mis prejuicios sexistas. O tú dime. Hay una foto de ella con otros tres hombres, posando afuera de un restaurante de mariscos. La Venecia Nayarita. Por esa foto pienso que debió ser mesera. Podría ser que fuera la dueña del restaurante y que el orejón de al lado fuera el mesero; o que ella fuera otra clienta. Pero al ver esa imagen, siento que ella era la mesera.

El sexismo también tenía bien jodido al General Cárdenas. ¿Para qué ocultarlo? Era bien pasado de verga. Porque mira, Licha y Lázaro terminaron, según Mamá Lola, porque Lázaro era abstemio, odiaba el alcohol. Pero la tía Licha siempre prefirió empinar el codo a empinarse a los héroes de la patria. Y Lázaro, en vez de dejar las cosas por la paz, como debe ser después de que truene la relación, que cada quien se vaya a chingar a su madre por su lado, un día Lázaro mandó a unos soldados por Licha. Llegaron y le dijeron que el General quería verla. Y Licha les respondió: ¿Y por qué no viene él, por qué me manda a sus achichincles? No mames, Rulfo, imagínate, decirles achichincles a los achichincles. Y deja tú en su cara de achichincles, enfrente de sus carrilleras, tan llenas de balas. Carrilluda que era la tía Licha.

Pero pues una cosa es brincar la barda del Hospicio Cabañas o engañar a unas monjitas, y otra muy distinta escapársele a cinco achichincles armados. Los soldados la agarraron y se la llevaron a Morelia. El viaje debió haber durado varias horas, porque Licha en vez de borracha, llegó bien cruda. Resulta que Lázaro la había mandado traer para sermonearla con que, aunque hubieran terminado, él la estimaba y quería su bien. Su bien era, según él, que dejara el alcohol. Y le dijo que para que pudiera alejarse del ambiente de la bohemia, él le iba a poner una botica. Imagínate, Rulfo, como si yo te quisiera imponer los huesos que tienes permitido roer. Pues a Licha también le dio rabia. Además de la cruda, le pegaron las náuseas típicas que provoca escuchar a la expareja. Y las aprovechó. Apuntó bien a las medallitas esas que traen los militares en el uniforme y, con mejor tino que aliento, le vomitó el pecho al General Lázaro Cárdenas. Así se libró de ese exnovio tan indigesto.

A mí también se me revuelve el estómago cuando pienso en él porque, fíjate, si Licha hubiera sido perro, o de perdida hombre, ¿cuál mísera botica? ¡Le hubiera ofrecido un hueso enorme! Por lo menos la Secretaría de Defensa Nacional. Porque Cárdenas ya andaba bien metido en malos pasos. Cada quien sus perversiones, pero a mí la polaca nunca me ha excitado. Y tú, Rulfo, mejor toma esta almohada, mira, con estas manchas de café, imagina que es una dálmata y suéltame la pierna.

La tía Licha tenía más voluntad que dinero. Después de regresar de Estados Unidos lo primero que hizo fue buscar al padre biológico de Lolita. Claro que sabía quién era, Concha se lo había platicado. Y nada de inmaculada concepción ni de subidas del muerto, el marido difunto. El padre biológico de Lolita era un amigo de la familia, un compadre, casi casi el tío de la viudita. Y para acabarla de amolar: diputado. Diputadísima la suerte de Lolita, ¿verdad, Rulfo? Además estaba casado y tenía otros seis hijos, contando nomás los reconocidos dentro de su matrimonio. La competencia estaba dura para Lolita, le tocó un diputado muy disputado.

Pero Licha estaba dispuesta a todo. Ha de haber pensado: qué le hace una rayita más al tigre. Falsificó una carta de Concha, donde según esto le confesaba que el padre de su hija era el señor Licenciado Eugenio Ruvalcaba, vecino de esta leal ciudad. La información sobre la paternidad era correcta. Licha tenía el plan de chantajear al licenciado. Pero el diputado le salió del otro bando, resultó honesto. O al menos no tan chueco como había imaginado. Hasta lloró cuando Licha le platicó que Concha había muerto. Preguntó de qué y todo. Y luego, Licha se burlaba de cómo se expresaba el diputado: Solicito su venia, señorita Alicia, para entablar conocimiento con mi retoño.

Licha organizó el encuentro y el tal Eugenio Ruvalcaba conoció y reconoció a Lolita. Fueron al registro civil y le dio su apellido…. Ya sé, esa mamada es muy de humanos, yo te nombré Rulfo y no necesité registrarte en ninguna oficina. Pero el diputado había estudiado leyes, y sabía que un acta de nacimiento podía facilitarle las cosas a Lolita. Incluso le preguntó si se quería cambiar el nombre, aprovechando el viaje. Porque a Eugenio el nombre de Dolores no le gustaba. A Lolita tampoco. Pero ella dijo que ese era el nombre que su mamá le había escogido y prefería conservarlo. Así fue como Lolita pasó a llamarse oficialmente Dolores Ruvalcaba Gómez.

Después de registrarla, el diputado sacó el cobre. Se negó a llevarse a la niña a su casa. Ha de haber tenido miedo de su esposa. Al menos también sacó la plata. Con la venia de la señorita Alicia, le pasaba a su retoño unos cuantos pesos todos los martes, para la manutención. Y no puedo asegurártelo, pero, como era diputado, sospecho que la plata salía del erario público. Así se las gastan los polacos, Rulfo. Y así fue como Lolita, después de perder a su madre para siempre, ganó un papá de a treinta minutos una vez a la semana.

Se encontraban todos los martes en la esquina de los cuicos. En el cruce de Ramón Corona y Pedro Moreno, donde está el Palacio de Gobierno de Jalisco. Antes ahí también sesionaba el Congreso. Las calles se llamaban diferente, pero ya se conocía como la esquina de los cuicos por las letras que están arriba esculpidas en cantera, dice: A los que custodian. Nomás que está en latín: *qui custidit* o sabe qué. Pero como ya casi nadie masticaba el latín, entonces escupían: cuicus, y luego la u mutó en o. Y como en esa esquina, debajo de ese letrero, siempre había dos policías, pues a ellos se les empezó a decir cuicos. Todavía siguen ahí, parados como pendejos. No los mismos, sus relevos que son iguales. Los cuicos llevan siglos haciendo lo mismito, nomás viendo a ver cómo joden. Son los que el otro día no te dejaron terminar tu miada a gusto. El caso es que, del otro lado de esos muros, adentro del Congreso del Estado, trabajaba al papá de Lolita, y los martes se salía de las sesiones un rato para ponerse a platicar con ella. Y le tomaba la lección, Lolita a él. Le preguntaba si había propuesto alguna ley y todo, exigiendo como buena ciudadana. Y él igual, le regresaba las preguntas y los abrazos. Y gracias al cariño, pero también a la beca del erario, Lolita pudo terminar la primaria y empezar la secundaria.

Todo un logro para una niña de esa época, no creas. De día Lolita iba a la escuela y Licha a trabajar a La Venecia Nayarita. Y de noche, si la tía no venía muy jarra, pues platicaban. Fueron un par de años muy felices para Lola. Pero ya sabes, Rulfo: *La vida no es eterna*. Y cuando Lolita se sintió de nuevo tranquila y segura, le cayó el siguiente guamazo.

Un día el diputado no se presentó en la esquina de los cuicos. Y uno de los policías que hacían su rondín ahí, como ya había visto a Lolita y al diputado juntos, se acercó y le preguntó si no se había enterado de la noticia. Lolita ni necesitó oír más. Tenía experiencia recibiendo pésimos pésames. No hay de otros ¿verdad? El cuico le pasó un periódico. Y ahí Lolita lo leyó y recortó la columna. También la tengo guardada junto a las cartas de Licha. El periódico es el Informador, el año 1927 y el día 14, pero las lágrimas que derramó Lola no dejan distinguir si se trata de una i griega o de una erre y una zeta, así que no sé si fue de mayo o de marzo. El título dice: Muere Honorable Diputado del Constituyente. Constituyó otra desgracia para Lolita.

El cuico le dijo a la niña que no creyera las mentiras del periódico. Ella se emocionó. Yo creo que pensó, a lo mejor mi papá sigue vivo.

Continuó el cuico: Puro cuento eso del paro cardiaco, no querían dejarlo competir por la gubernatura, lo envenenó el tapado. Y Lolita le preguntó llorando: ¿Y si ya sabes quién lo mató por qué no lo arrestas? Y el cuico lo único que respondió fue: Aprende a respetar a la autoridad, a mí me tienes que hablar de usted, mija. Lolita se fue corriendo con el periódico. Fíjate, como si los Caifanes hubieran rimado el instante: *Mira cómo se te escurre todito el corazón.*

Lolita se fue de Guadalajara mal plagiándote, mi Rulfo: Porque le dijeron que ahí murió su padre. Y sus mensualidades. Las propinas de la mesereada no le alcanzaban a Licha para hacerse cargo de su sobrina. Apenas salía para mantenerse ella misma. Así que decidió enviar a Lolita con Felipe, el hermano mayor de Concha y de Licha, que trabajaba de telegrafista en San Marcos, Jalisco. Lola no quería que la mandaran a un pueblo rascuache con un señor que ni conocía. Le dijo a Licha que no podía hacer eso, era una injusticia, no podía abandonarla así, hasta le gritó que era una borracha inconsciente y sabe qué tanta pendejada más se le salió. Traía en el pecho la rabia por la muerte de su padre. Y Licha, sulfurada por los berrinches de su sobrina, nomás le espetó: No se te olvide que no soy tu mamá, no tengo por qué cargar contigo. Y le puso en la mano una carta para Felipe y el dinero para el pasaje del camión. Lola nomás le contestó: Si no me ibas a tratar como a una hija, para qué carajos me robabas.

¿No puedes pegar las pestañas, Rulfo? Para dormir hay que seguir contando borreguitos. Yo era la oveja negra de la fila. Ahí con mis audífonos puestos a todo volumen, sin socializar con las demás personas que también esperaban a que abrieran la taquilla. Le di la vuelta al casete, escuché todo el lado A y todo el lado B varias veces, hasta que volví a llegar a la misma rola con su eterno sonsonete: *Y tú, y tú, y tú no haces nada.* Para rebelarme contra la canción, bajé el volumen y le saqué plática a la señora que estaba atrás de mí. Resultó bien extrovertida. Me presumió que era revendedora profesional y que su deber era permanecer en la fila: Llueva, truene o relampaguee. Hasta me confesó un par de secretos del oficio. Me dijo que la mayoría de la gente comenzaría a irse como a las nueve de la noche. Me motivó a que no me rindiera, porque entonces yo sería de los buzos caperuzos que obtendrían boletos al precio oficial. Me recomendó comprar más de los que necesitaba, que luego se los podría vender a ella y así los míos me saldrían gratis. Nomás los mensos pagan por ver a las Chivas, cuando pueden ganar lana aunque las vuelvan a golear, me dijo. Y luego también: Al rato me van a traer comida mis chipillos, así les digo a mis chiquillos, si quieres te convido; y me acuerdas de pedirles una cobija extra para ti, en la noche el frío va a estar pegador.

La señora continuó adiestrándome en el arte de la reventa. Yo no tenía nada mejor en qué perder el tiempo. Antes de que me hiciera el examen, sus chipillos llegaron muy amaestraditos con dos kilos de tortillas y un envase de yogurt lleno de birria. Estaba chingándome el tercer taco cuando la señora me preguntó qué música había estado escuchando en los audífonos. Resultó que la revendedora también era fanática de los Caifanes, así que ya teníamos tema para la sobremesa. Nos pusimos a discutir el peinado de Saúl Hernández. Según nosotros Roger Smith se lo había pirateado. Uno de los chipillos apuntó que el vocalista de *The Cure* no se llamaba Roger sino Robert Smith, y que los Caifanes habían surgido varios años después que ellos. La señora le dio un zape: ¿Por qué chingados siguen aquí sentadotes, pinches malinchistas pendejos? Láncensen por las cobijas.

Ya que se lanzanzaron, la señora y yo nos quedamos con la cola entre las patas. Lo único que se me ocurrió fue sonreír y volver a ponerme los audífonos. Creo que le di otras cuatro vueltas al casete entero. El reloj empezaba a marcar el lado B del día, cuando los chipillos regresaron con un carrito de la Comercial Mexicana atascado de cobijas, por el aroma, bastante usadas, y comenzaron a ofrecerlas en renta. Cinco mil pesos por ocho horas y tres chinches. Te digo que era una familia muy profesional, mi Rulfo. Pero la señora, se acercó y me dijo: De caifán a caifán, a ti te las rento gratis.

Me tocó una cobija que, aunque traía estampado de tigre, olía a león. Rugí al ponérmela sobre los hombros. Y luego, ya arañando la desfachatez, que le pregunto a la señora: Oiga doña, de caifán a caifán ¿a qué horas traen la cena sus chipillos? Me pareció ver a la revendedora relamiéndose los bigotes cuando me regresó la pregunta: Oye mijo ¿y en tu casa no te están esperando tus papis? Ahí se me aguzaron las orejas como antenitas. Dije, no vaya a ser que esta ruca quiera robarme y obligarme a trabajar para ella. A lo mejor eso eran sus chipillos, cachorritos plagiados a los que explotaba. Ya ves que Guadalajara está llena de leyendas de robachicos. Yo seguía siendo un bebé, en lo mental, biológicamente tenía quince primaveras. En años de perro ya sería un anciano, pero era humano. O ya ni sé, tus abrazos me hacen dudar.

El caso es que le dije a la revendedora, dizque para protegerme: A huevo que tengo casa, pero no hay pedo si llego tarde, mi papá es judas. No el que subastó a Cristo, Rulfo, así se les decía a los policías judiciales. Una especie de dóberman humano, pero más rabioso. Hasta los cuicos menos mordelones les tenían miedo. Le mentí a la revendedora para que no se quisiera pasar de lanza conmigo. Pero a ella eso le dio tranquilidad, ha de haber pensado: Ladrón que roba a ladrón. Y se decidió a dar el zarpazo. Chifló y uno de sus chipillos llegó corriendo, le esculcó la cangurera que traía y sacó una paca de boletos. Mira, me susurró, te lo digo en secreto nomás porque eres un fan caifán: nosotros ya conseguimos boletos de la zona A. No te los puedo dar al precio porque hay que pagarle a los intermediarios y le saldría perdiendo, llévatelos a lo que me salen, 500,000 varos; es más, por tu gusto musical, te los dejo al dos por uno, el segundo boleto se lo das a tu jefe para que no te dé un tehuacanazo por llegar tarde.

Ahí me acordé de la Generala, por el tehuacanazo, me cayó el veinte de que le había robado la lana. Seguro me iba a lapidar con las obras completas de Agatha Christie, las de pasta dura. Comparado conmigo, Judas Iscariote era un niño de pecho. ¡Ay, Rulfo! Traicioné la confianza de mi propia abuela, agenciándome su pensión. En mi caso no fue por las 30 monedas, sino por la sonrisa con la que según yo Yuridia me recompensaría.

Apliqué las técnicas que la misma revendedora me había enseñado: De veras que no me alcanza, doña, yo nomás venía por dos boletos de la zona C, mejor regreso mañana. Qué esperanzas que la señora me fuera a dejar ir vivito y coleando, se burló: Ay mijito ¡y por dos míseros boletos de la C llevas aquí ocho horas haciéndome perder el tiempo! A ver chipillos, hay que darle biberón a este mamilas. Los chipillos sacaron otra paca de boletos y la revendedora continuó: Toma, aquí tienes dos, para que te vayas y no me espantes a los clientes que sí tienen peleas en la coliseo; cáite con doscientas milanesas rapidito, antes de que me raje. Y yo, que empiezo a practicar el regateo: Es que nomás traigo 150 mil del águila, doña, hágame la valona. Los boletos valían cien mil, Rulfo. Y la señora contraataca: 150 mil varos más los audífonos, y se arma. Y yo: No, así no me salen las cuentas, por los audífonos y 20 milpas el ruquillo de a la vuelta se rifa con dos de la Zona A. La señora se relamió de nuevo los bigotes y dio el zarpazo de gracia: ¿Cuál ruquillo de la vuelta? Si aquí es mi territorio, mijo, pero se ve que pusiste atención a mis enseñanzas. Nomás por eso, 130 mil pechereques y el casete de los Caifanes y los de la C son tuyos. Estaba buena la oferta. El casete era pirata, en San Juan de Dios lo conseguía barato... Sí, era regalo de mi tío, Rulfo, pero la señora había dicho el casete, no la cajita, ni el dibujo, ni la dedicatoria, nomás la pura cinta, eso dijo, y el pez por la boca muere. Le contesté: Que se arme. Me dio los dos boletos. Yo le pasé la lana y apenas empezaba a abrir los walkman cuando me dijo: El casete quédatelo, mijito, en la casa yo tengo el cedé ortografiado, nomás quería que mis chipillos vieran cómo nace un pendejo; ¿ya la cachan? Sus dos hijos, biológicos, adoptados o plagiados, sacaron la lengua y cabecearon igual que tú. Yo me fui feliz con mi casete y los boletos, sin revisar la autografía, meneando la colita porque la fila no fue eterna.

Cuando llegué a la casa, la Generala estaba platicando en la puerta con un señor de greña larga y chamarra negra de cuero. Pensé, ¿a poco a mi abuela también le gusta el rock? Me acerqué muy quitado de la pena. En cuanto me vio me dijo: Se metieron a robar. Y yo por dentro: Chale, no se metieron, más bien se salieron, yo hui con el dinero, como quien dice fue una operación interna. Tuve ganas de susurrarle a Mamá Lola: La ropa sucia se lava en casa, no hagas olas. Pero el señor de la chamarra negra, además de la greña, también tenía la nariz larga y algo le olió mal. Apuntó con las fosas nasales hacia mí y empezó a olfatearme. Como que reconoció su aroma. ¿A qué apestan los espejos? Era como si estuviera oliendo a su yo del pasado, antes de pudrirse completamente: ¿Conoce a este malandrín? Y yo: El león cree que todos son de su condición, le iba a decir, me cae. Pero Mamá Lola se me adelantó: Sí, es el hijo de mi hijo Salvador. Fíjate, Rulfo, ni se dignó a decir mi nombre, ni siquiera me llamó su nieto, era el hijo de su hijo. Y mi yo del futuro: Aquí la doña alega que se clavaron su lana ¿aguantas báscula? Entonces no sabía qué significaba aguantar báscula, pero si aguantaba a mi abuela, ¡qué no una báscula! Las que quieras, le dije.

Yo creo que la expresión aguantar báscula surgió de donde pesan a las personas antes y después del trabajo, se me ocurre. Por ejemplo en las minas, para vigilar que los mineros no se llevaran pedazos de plata escondidos en los bolsillos, pero quién sabe. Cualquiera diría que sí terminé Filosofía y Letras, ¿verdad Rulfo? Por mis discurrimientos o escurrimientos etimológicos. El caso es que mi falsificación del futuro empezó a registrarme, a palparme todo el cuerpo. Y yo así de: Aguanta, me quiero reservar para Yurigol.

No tardó en encontrar los boletos. Tampoco los traía escondidos en donde te gusta olerme, estaban en el bolsillo de mi pantalón. ¿Y esto qué chingados es? Y mi yo original: Boletos para el estadio. Y mi copia fotostática del futuro: Ya salió el peine, doña, este malandrín se la vacunó. Y a la Generala se le hinchó la cara, hasta se le alisaron las arrugas, por el coraje y la vergüenza de que su propio nieto la hubiera robado. Y yo, como para desviar la atención: ¿Y tú quién chingados eres, cabrón? Y mi doble del futuro me calló, como quien dice me tapé el hocico a mí mismo, con una cachetada triple marca llorarás. ¿Quieres ver quién soy, pinche raterillo meco? Y me atropelló como si fuera tráiler. Alcancé a apuntar la placa: Policía Judicial. Era el pinche judas que me había inventado como padre. Lo que pasó es que la Generala, cuando no encontró el dinero que le dejaba Hércules en la mesa todos los lunes primeros de cada mes, pues llamó a la policía. Pero ni la pelaron. Le pidieron que primero confirmara con su hijo si le había dejado el dinero. Mamá Lola estaba peleada con mi tío Hércules, ni modo que le hablara así de: Hola, mijo, espero que hayas estado muy bien todos estos años que llevamos sin dirigirnos la palabra, por cierto ¿ayer me trajiste mi dinerito? Qué esperanzas. Además, la noche anterior Lola también había escuchado entrar a Hércules. Alguien tenía que habérselo robado. Nomás que no me creyó capaz de hacerlo. Pensó que yo, al irme a la secundaria, había dejado la puerta abierta y alguien más se había metido. De ese descuido sí me creía capaz. Me tenía catalogado de pendejo, no de ratero.

Y como la policía la bateó, Mamá Lola le pidió ayuda a doña Meche, la vecina, porque todo mundo sabía que tenía un hijo judas. Y el traidor, nomás para reivindicarse con doña Meche por la descarrilada que se dio al escoger su oficio, pues aceptó ir a tranquilizar a mi abuela. Cuando llegué, el muy puerco vio burro y se le antojó viaje. Hasta me dijo: No tienes vergüenza, mira que aprovecharte de una pinche viejita desamparada. Mamá Lola puso unos ojotes, pero el ojete del judas ni se dio cuenta: Si quiere le ponemos una calentadita, doña, pa' que aprenda a respetar a sus mayores. La pura mención de la calentadita me dejó helado: ¡No, no, abuelita! No mames, Rulfo, imagínate el pánico que me dio, nunca le había dicho abuelita a la Generala. Y le seguí: No, abuelita, se lo prometo, por favor, creí que era lo que mi papá quedó de enviarme. Mentira que fuera a mandarme dinero, Rulfo. Yo se lo pago, abuelita chula, se lo juro, hasta con intereses si quiere. Fíjate, el miedo me hizo hablarle de usted. Y Mamá Lola, como que también ha de haber pensado, si le dan una calentadita también me van a quemar a mí, Salvador se va a enojar conmigo y voy a quedarme sin poder hablar con ninguno de mis hijos. Así que me la dejó más barata. Le dijo al judas: A ver, permítame los boletos. Se puso a revisarlos y empezó a reírse, hasta que llegó a las carcajadas. Y el judas: ¿Qué tiene? Y Mamá Lola: Nada, perdón, no puedo creer que tenga un nieto tan tarugo, mire que robarme por esto. Y yo: Son para el clásico Chivas-América. Y ella: Un clásico es Cervantes, estos son unos descerebrados corriendo detrás de una pelotita. Ahora que lo pienso, Rulfo, ¿no hace lo mismo Sancho Panza, censurando su cerebro por correr tras una ínsula? Pero en ese momento no se me ocurrió contestarle eso a la Generala, ¿cómo? si ni había leído el Quijote y el dolor en el cuello me impedía pensar. El judas me estaba ahorcando. Alcancé a murmurar: Perdóneme, abuelita. Y el judas: ¿Cuál perdóneme? Pinche rata, tienes ocho días para regresarle su lana a la viejita. Y yo, que seguía sin oxígeno y no podía pensar bien, de pendejo me le puse al brinco: ¿Y si no qué? Y el judas: Ah ¿muy machito, muy machito? Doña, yo le pago lo que se haya robado este mocoso. La próxima semana voy a venir y me vas a pagar esa lana, pendejo, por las buenas o por las peores, como prefieras. Ahí ya supe el y-si-no-qué.

Afortunadamente Mamá Lola se apiadó de mí y dijo: No se moleste, no vale la pena. Usted quédese con su dinero y yo con los boletos. Y tú, Chava, si los quieres de regreso, me los vas a tener que pagar. Y yo: Gracias, abuelita chula, en ocho días, se lo prometo. Y Mamá Lola: Bueno, pues ya se arregló todo, muchas gracias, Toñito, que pases buenas noches y me saludas mucho a tu mamá. Toñito ni entendió la mentada de madre, se fue silbando satisfecho, como si hubiera cumplido su deber.

Esperaba una cachetada de la Generala, al menos una sermoneada, pero nada. Nomás me dio un bistec crudo: Póntelo en el ojo para que no se te haga morete; de por sí con esa cara no te será fácil conseguir trabajo; y no vuelvas a hablarme de usted, ni a decirme abuelita, ni mucho menos chula, si no quieres que te empareje el otro ojo.

Después de veinte minutos marinando el bistec con mis lágrimas, me atreví a preguntarle: ¿De veras me vas a regresar los boletos si te pago? Soltó una carcajada: Sí, págame y te los regreso. Se subió a su cuarto, cerró la puerta y, por primera vez desde que vivía con ella, gritó a todo pulmón: ¡Buenas noches!... Perdón, Rulfo, es que si yo no grito, no sé si estás jetón o nomás te estás haciendo. Tienes que ponerle atención a la canción que sigue, explica de dónde vienen los cambios de comportamiento. El de Mamá Lola también. Chécalo tú mismo para no irte a dar gato por liebre.

4. DE NOCHE TODOS LOS GATOS SON PARDOS

¿Sabes qué le agradezco a la Generala? Que por ella me convertí en librero andante, luchando contra molinos analfabetos. Claro, acompañado de mi fiel jamelgo Rulfinante. Porque eso somos, canijo, tiangueros ambulantes que anhelan resucitar con libros a todos los muertos de aburrimiento... Perdón, es que a esta hora me pongo romántico. Me había quedado en que, cuando el diputado Eugenio Ruvalcaba murió y junto con él fenecieron las mensualidades que le pasaba a su hija, Licha ya no pudo seguir haciéndose cargo de Lolita. Entonces la mandó con Felipe, el hermano de Licha y Concha, a un pueblo de Jalisco: San Marcos.

Al llegar, lo primero que Lolita dijo fue: ¿Y

yo que voy a hacer en este pueblo rascuache? Imagínate, Rulfo, era a mediados de la década de 1920. Ahí todavía ni conocían el lujo de los perros callejeros, había puro tlacuache rastrero. De ahí viene lo de rascuache. Se arrastraban por todos lados, abrías una olla y te encontrabas a dos, uno cocinado y el otro tragándoselo. Hasta eso, se parecen más a los humanos que a ustedes, porque tlacuache sí traga tlacuache. Te lo juro.

Lola estaba en la edad en que quieres comerte la vida entera, devorar experiencias, hartarte de aventuras. Pero ese pueblo le parecía insípido, casi nauseabundo. Quizá porque ella no lo había escogido de ningún menú, ni siquiera llegaba a plato de tercera mesa, después de Guadalajara y El Paso, eran las sobras que le dejaba la vida. Tú no tendrías empacho en chingártelas, Rulfo, pero hay gente que se las da de muy gourmet. Y Lola, imagínate, yo creo que de leer tanto Genoveva de Bravante, no sé, a lo mejor hasta se creía aristócrata. No batalló en dar con el palacio de su tío, todo mundo lo conocía y le indicaron por dónde ir. Todo mundo es un decir, San Marcos no tenía más de mil habitantes. Pero lo del palacio sí es cierto, al menos el nombre. Su tío Felipe vivía en una casa de adobe que de milagro seguía en pie, pero le decían El Palacio del Virrey porque ahí se había hospedado Mendoza y Pacheco, uno de los virreyes de la Nueva España, que según esto fue a pacificar la zona de la Vieja Tonalá cuando la resistencia indígena estaba cuajando. Pacificar también es otro eufemismo… así es, mi Rulfo: El hombre es el tlacuache del hombre. Con perdón de los marsupiales.

El tío Felipe vivía en el Palacio del Virrey porque ahí habían instalado el telégrafo. Era la oficina principal de la zona: Ahualulco, Etzatlán, Teuchitlán, San Juanito y, si no me equivoco, hasta de Hostotipaquillo. Al llegar al Palacio, Lola aventó al escritorio de su tío Felipe la carta con que la había corrido Licha. Y hasta eso, Felipe no la tomó como una afrenta. Ha de haber pensado que Lola traía escrito un mensaje para enviar por telégrafo, y que estaba molesta porque el mensaje consistía en alguna mala noticia. Que habían matado a alguien, quizá. Y de alguna manera así era. Habían envenenado al padre de Lola. Pero esta vez Felipe no tenía que transmitir nada, esta vez el mensaje iba dirigido al mensajero. Y dio en el clavo. Después de leer, como decían en la época, la misiva, Felipe abrazó una y otra vez a Lola. Luego fue a presentársela a su esposa Lupita, que le dijo: Bienvenida a la familia. Y le dio dos, tres, cuatro, cinco abrazos. Lola estaba tan sorprendida por tanta abrazadera, que ni siquiera notó la mirada abrasiva, llena de envidia, que le echaba Felipín.

Felipín era el hijo mimado de Lupita y

Felipe. Además de hijo único, también su familiar único. En la región. Porque los demás parientes de Lupita y Felipe estaban en Guadalajara. Si vivían en San Marcos era porque Telégrafos de México había mandado a Don Felipe a esa oficina. Así que, hasta la llegada de su prima Lola, Felipín llevaba diecisiete años creyendo que los brazos de sus padres eran exclusivos para él. Igualito que tú, mi Rulfo, que gruñes cuando se me acerca otro perro y no me dejas ni lamerme a mí mismo.

En la misiva, Licha le pedía a su hermano Felipe que le enseñara el oficio de telegrafista a Lola. Felipe se decidió a hacerlo, quizá por pagar una deuda moral con su hermana. Porque cuando Octaviana le quitó a Licha su bebé recién nacido para ir a regalarlo a las puertas del Hospicio Cabañas, Felipe se quedó mirando sin mover un solo dedo. O, más bien, nomás moviendo un pinche dedo, porque en ese entonces estaba aprendiendo el telégrafo y se la pasaba practicando, pulsando con el índice un transmisor tan desconectado como él lo estaba de su hermana. Después intentó resarcir su falta. Cuando consiguió la plaza de telegrafista en San Marcos le rogó a Licha que lo acompañara como aprendiz, según él para que tuviera un oficio y se hiciera independiente. Pero Licha se negó a depender de las enseñanzas de un hermano al que le temblaba el dedo, y todo el cuerpo, cuando se trataba de solidarizarse y enfrentar a su madre. Sin embargo, en esta ocasión era diferente. Licha no pedía ayuda para ella, sino para la sobrina de ambos. Aunque Felipe seguro sintió que estaba apoyando directamente a Licha. No sé. El caso es que recibió a Lolita lo mejor que pudo, como representante de toda la familia a la que no veía desde hace muchos años. Y la tomó como aprendiz.

Lola, adolescente ávida de aventuras amorosas, cayó rendida ante el telégrafo. Desde la primera vez que los escuchó, sintió revolotear en su estómago esos toques rítmicos: uno corto, dos largos, dos cortos. El código morse se volvió su objeto del deseo. Debía memorizarlo para revivir esas mariposas cuando ella quisiera. Lo dominó en menos de tres días. Y aprendió a transmitir en una semana. Sin embargo, según ella misma me dijo, inmediatamente se dio cuenta de que en las relaciones telegráficas es más excitante recibir mensajes que emitirlos. O sea, ser pasivo da más placer que ser activo. Como en casi todo. Pero es un arte que necesita mucha más destreza, mi Rulfo. Para poder recibir hay que practicar muchísimo. Aprender a mover la oreja con delicadeza. Inclinarla según la dirección de la que provenga la onda sonora, y permitirle penetrar a lo largo del pabellón auricular hasta que estimule el tímpano. Entonces hay que dejar que se implanten en el cerebro esos chorritos, los puntos y líneas auditivas que luchan para hacerse entender entre el caos acústico ambiental. Una vez fecundadas, las células grises entran en acción y comienzan a gestar letras, después sustantivos, verbos, adjetivos. Y al cabo de nueve microsegundos ha nacido un mensaje. Eso es lo verdaderamente difícil: parir chayotes de enunciados, rosarios de palabras. Porque pulsar botones, emitir tonos largos y cortos, eso cualquiera. Hasta tú con tus ladridos y aullidos, Rulfo. Lo bueno sería saber qué estás diciendo. Imagínate: tres aullidos seguidos significan ese, tres ladridos, o. Con eso ya sabría cuándo pides ayuda: ese, o, ese. ¿Por qué haré que todo gire en torno a ti? Me paso de perrocentrista.

Pues Lola aprendió en menos de dos semanas a dar y recibir mensajes por telégrafo. Lo que consigue el amor. Pero dominarlo tan pronto fue una afrenta para su primo Felipín. Porque él había nacido sordo para el telégrafo. No logró aprenderlo a pesar de que desde el primer día de nacido su papá lo arrullaba con canciones de cuna en clave morse, ni por más que durante toda su infancia le daba los buenos días y las buenas tardes con puntos y líneas. El tío Felipe no podía dejarle encargada la oficina ni para echarse una pestañeada. Y como la sobrinita Lola aprendió asombrosamente rápido, él se pavoneaba con cualquier cliente que se dejara: No cabe duda de que el telegrafista nace, no se hace. Decía que traían un gen integrado que les permitía entender la clave morse, que habían evolucionado hasta forjar una especie diferente: el *Homo telegramensis*. Pues pinchis vatis tan mensis, porque se extinguieron en chinga, hoy ya nadie sabe usar el telégrafo, Rulfo.

Ignoro si Lolita fue la última de su especie, no conozco supervivientes del meteorito telefónico. Y menos ahora, en plena época del sobrecalentamiento digital, con celulares inteligentes que producen enormes glaciaciones mentales. Pero bueno, en los años veinte del siglo pasado, el telégrafo era un invento importantísimo. Imagínate, comunicarte instantáneamente con alguien que está papando moscas a miles de kilómetros de distancia. Era como teletransportarse. Y aunque me veas con ese hocico de incrédulo, sábete que ser telegrafista era peligroso. Más en esos años que empezaba la guerra cristera. Las líneas de comunicación son una cuestión estratégica, mi Rulfo. Para cualquiera de los bandos. Por ahí se podía advertir dónde atacarían las tropas federales o denunciar si en algún lugar se oficiaba misa a escondidas. A la oficina de Felipe llegaba gente de las dos manadas, federales y cristeros, con pistola o crucifijo en mano, o con ambas armas. A veces se dejaban la cruz debajo de la camisa y la pistola permanecía enfundada, por mera corrección retórica, para no ser redundantes, pero la amenaza llegaba sin interferencia.

Y Felipe, según esto neutral, muy suizo él, les daba servicio a las dos facciones. Se lavaba las manos y ensuciaba la conciencia transmitiendo cualquier mensaje que le pidieran. Órdenes de fusilamiento, avisos de próximos ataques, lo que fuera. Se escudaba en eso de que yo nomás soy el mensajero. Pero tanto peca el que mata la vaca como el que vende los taquitos en la esquina ¿No, Rulfo? Deja tú el taquero, el achichincle que escribe en la cartulina fosforescente: Dos de lengua por 10 pesitos. Claro, como no es su lengua. Pero complicidad tiene hasta la fábrica de papel fosforiloco, si sabe que van a usar sus cartulinas para promocionar un exterminio lingüístico. Perdón, Rulfo, es que para mí todas las lenguas son sagradas. Es como si vieras que alguien pide tacos de suaperro... Pues sí. Ensálsense sus propias colas, no las ajenas.

Los peligros en San Marcos no eran tan distintos a los de ahora, hasta eso. Las balaceras, por ejemplo. Hubo una que duró dos semanas. Nadie podía salir de la oficina de telégrafos, ni de ninguna otra casa de ahí de la plaza principal, porque, aparte de las ráfagas que había a cada rato, si algo se movía: pum, pum, pum, llovía plomo. Asesinaron un chingo de tlacuaches. El hombre es el lobo del tlacuache, del lobo, y de todas las especies, te lo repito para que siempre peles bien los ojos y te andes con cuidado. Lola, Felipe, Lupita y Felipín estuvieron todo el tiempo que duró la balacera encerrados en la oficina, lejos de las ventanas para que no los fuera a encontrar ninguna bala perdida. Y no se murieron de hambre nomás porque había una tienda de abarrotes al lado del Palacio del Virrey. El tendero también se había quedado ahí atrapado entre tanta bala. Y por un boquete que le abrieron a la pared, les pasaba comida. Aunque no creas que se las disparaba, todo lo anotaba en una libretita para luego cobrarles hasta el último centavo.

A pesar de la granizada de plomo, Lola finalmente hizo realidad sus sueños aristocráticos. Vivía en un palacio y comía como reina. Porque el tendero les surtía puro producto de lujo, aprovechó para sacar de la bodega toda la mercancía que no se le vendía en tiempos de paz. Dice Lola que hasta probó caviar ruso. Quién sabe cómo llegaría a San Marcos. Y Felipe tampoco se quejaba. Yo creo que pensó, si nos vamos a morir aquí, al menos vayámonos con la barriga contenta. Pero después de dos semanas se acabó la granizada y no se murieron. Por fin pudieron salir y regresar a la dieta de tlacuaches, porque un montón de esos quedaron destripados en la plaza. Como no son humanos, ni siquiera daños colaterales les llaman,

Rulfo.

Mejor regreso a lo que me truje. Lola pronto adquirió fama en las oficinas de telégrafo del occidente de México. Aunque no lo creas, cada mensaje telegráfico conlleva vibraciones personales, formas de pulsar que conforman un estilo. Más que puntos y líneas, son latidos. Y cada letra palpita diferente. Hay una huella digital sonora, claro, pues se transmite con los dedos. Aunque Lola decía que había telegrafistas que parecían transmitir con las patas. Ella tenía una letra armónica, casi voluptuosa, hacía soñar a quien la oía. Mientras no hubiera trabajo, mensajes oficiales que avisaran sobre prófugos o condenados, los aprendices de la región se ponían a platicar entre ellos. Era la red social de la época. Se la pasaban tecleando lo dizque maravillosas que eran sus vidas.

Con semejante letra tan hermosa, Lola no tardó en llenarse de admiradores. Pero deja tú el significante: ¡el significado! Lola había leído mucho y se la pasaba recontando pasajes de novelas. Dejaba a los aprendices bien picados, nomás dejaba de transmitir un par de horas y ya estaban hostigando: Etzatlán llamando a D.R., Etzatlán llamando a D.R. Un día Felipe, aprovechando que ya podía dejar a Lola encargada del changarro, se fue a dormir la siesta, pero tanta pinche solicitud de mensaje le impedía soñar con la evolución del *homo telegramensis*, así que se levantó harto y dijo: ¡Ah qué doctorcito tan solicitado! ¡Quién sabe qué enfermedad los trae tan calenturientos! La fiebre venía de las historias de Lola, ella era el doctorcito, el D.R., las iniciales del nombre y apellido de mi abuela: Dolores Ruvalcaba. A partir de ahí, Felipe la llamó la Doctorcito. El diminutivo era de cariño, no porque no fuera una eminencia. Y lo decía en masculino porque entonces no había casi doctoras, puro señor doitor.

Otro día, la Doctorcito recibió un mensaje bien degenerado. En lugar de telegrama era una carta. Así toda manuscrita y sin ningún código morse que tapara las letras. Deja tú la rayita, a las íes se les veía hasta el puntito. Y luego el contenido también al desnudo: una invitación directa para deletrearse las... No te voy a decir las palabrotas que ponía, pero al final cerraba con: Te invito a que volemos juntos hasta la cúspide de la felicidad. Y la Doctorcito, a la hora de la comida, estaba pensando cómo podría extender sus alas cuando el tío Felipe la sacó de sus ensoñaciones y le dijo: Cuidadito con aletear a esa cúspide, porque de allá la bajo a palos. ¿Cuál secreto postal? Su tío ya había leído la misiva romántica. Nunca supieron quién la envió, no les dio tiempo por lo que te voy a contar ahorita.

La Doctorcito transmitía todo el día

mensajes en clave morse, hasta con los dientes. Amaba ese lenguaje cifrado. Se la pasaba imaginando la vida de la gente que veía y le comunicaba sus fantasías al primo Felipín, para que éste practicara y con suerte algún día aprendiera a recibir mensajes. Cuando salían a la calle, la Doctorcito castañeaba con las muelas: Esa señora del rebozo verde acaba de envenenar a su perrito porque se orinó donde no debía... No te creas. Y Felipín tampoco se la creía porque no entendía ni papa. Un día fueron a la fondita que había a espaldas del Palacio del Virrey. Mientras comían, un señor que estaba sentado frente a ella se le quedó viendo las piernas. Lola empezó a dar golpecitos en la mesa con la cuchara, intentando comunicarse con su primo en clave morse: Mira nomás los bigotes tan feos de ese panzón, coma, parece que trae un tlacuache en la cara, punto. Y como el señor se mordió el labio, cual típico viejo rabo verde, Lola le subió al tono: Abre signo de interrogación, cuál tlacuache, cierra signo de interrogación, por como apesta, coma, trae un zorrillo de bigote, punto. El señor comenzó a respirar todo excitado, como si llevara el diablo adentro. Entonces Lola le siguió con una hilera de insultos que mejor ni te enumero. Felipín ni se enteró de nada. El señor terminó su milanesa, se limpió con una servilleta y, para sorpresa de Lola, comenzó a dar golpes con su anillo en el plato vacío. ¡También sabía clave morse! Muchachita maleducada, coma, no se transmite con la boca llena, punto, este panzón la va a despedir por grosera, punto… viejo mirón, si al que le faltaba educación era a él. Pero le sobraba poder. Se levantó, aventó un par de monedas sobre la mesa y se fue de la fondita. La Doctorcito se sintió enferma.

Inmediatamente fue con su tío Felipe para platicarle lo que había pasado. Felipe le dijo que probablemente se trataba de un inspector de telégrafos, porque cada año hacían un control sin previo aviso. Lola estaba muy nerviosa, apenas era aprendiz, todavía ni tenía contrato y ya iban a correrla. Felipe dijo que ya habría ocasión de disculparse, que se tranquilizara. Pero sus ojos estaban vidriosos. Felipín dedujo que el puesto de su padre también estaba en peligro y salió preocupado de la oficina.

El tío Felipe permaneció callado, pero no en silencio. Su uña temblaba sobre el escritorio, se le escapaban palabras sueltas: Demonios, huerfanita mensa. La Doctorcito no podía evitar descifrar la clave morse, así que prefirió ir a buscar a su tía antes de quedarse espiando los pensamientos de su tío. Quizá Lupita podría calmarlo antes de que llegara el inspector. La encontró en la tienda de abarrotes. Lolita la llevó a un rincón y le platicó lo sucedido. Lupita le pidió que la esperara. Le pagó al tendero y él le dijo: Acaban de llegarme fresas de Irapuato, llévese un kilo y se lo apunto. Ahorita no, gracias, guárdenoslas para la siguiente balacera, contestó Lupita, tomó de la mano a su sobrina y salieron de la tienda.

En la puerta de la casa se encontraron con un soldado que no las dejó pasar. Lolita empezó a gritar: ¡Tío, ya llegamos! Como el grito no fue en clave morse, Felipín lo entendió y hasta repitió el mensaje: ¡Papá, ya llegaron! Desde afuera, Lolita oyó una voz que no logró identificar aunque le sonaba conocida: Deje entrar a la dama. El soldado permitió el paso a Lupita, pero no a la Doctorcito. Felipín dijo: No, ella no, la otra, la muchachita. La Doctorcito sintió una punzada en el estómago. Se echó a correr y el soldado la alcanzó en menos de diez pasos. Le apretó el brazo con una fuerza terrible y la obligó a entrar a la casa. ¡Sí, ella fue! Bramó Felipín. Una vez dentro, Lolita vio al gordo de la fondita, era la voz que había escuchado desde afuera. La conocía porque antes la había oído en clave morse. Entonces pensó: ¿Y me van a arrancar el brazo nomás por decirle panzón a este puerco rabo verde? El inspector le dijo: ¿Es usted D.R.? Y Lolita buscó la mirada de su tío, sin éxito, la tenía clavada en el piso.

Los eructos del inspector continuaron: El jueves 22 de marzo ¿usted transmitió un mensaje del cura Aristeo Olea? Lolita seguía buscando los ojos de su tío. Claro que no había sido ella. Lolita solo practicaba cuando no había clientes. Los únicos mensajes que transmitía eran los suyos propios. Si no respondía era porque no quería denunciar a nadie, mucho menos al tío que le había abierto las puertas de su familia y de su oficio. Al ver que no respondía, Felipín la señaló: Sí, fue ella ¡yo la vi! Dijo la vi porque no podía haberla oído, pinche mocoso estaba sordo para el telégrafo. Y Lolita muda pero con la boca abierta; y el tío haciéndose el ciego; el soldado, sin tacto, hiriendo el brazo de la doctorcito. Un sinsentido completo, ha de haber pensado Lupita.

Mi teoría es que el tío Felipe contrabandeó mensajes que no debía, digo, porque Telégrafos de México era una paraestatal ¿no? Y en tiempos de guerra, perdón, de pacificación, para que no se oiga tan fuerte, pues los medios de comunicación son armas casi casi de uso exclusivo del ejército. Y que uno de sus empleados anduviera pasando telegramas de los cristeros, como que al Gobierno no le hacía mucha gracia. A Felipín tampoco le agradaba la idea de que acusaran a su padre de traidor a la patria. Quizá fue por protegerlo que señaló a Lolita. No sé si por celos. A lo mejor sentía que la Doctorcito le robaba el cariño de su padre, su admiración, lo que tú quieras. Pero no sé. Y nunca lo sabremos.

El caso es que en medio de toda esa locura surgió otra. Lupita gritó: ¡Fui yo! Pero ella no podía haber sido. No sabía telegrafiar. Supongo que quería proteger a su sobrina y a su esposo. El puerco hizo una señal al soldado. Levantó un poco la ceja derecha y era evidente lo que significaba: Suelta a la muchacha y agarra a la señora. Y luego con la ceja izquierda: Apúrale, porque ya tengo hambre. El soldado iba hacia Lupita y, pum, un balazo… ¿Por qué mueves la cola, pinche Rulfo sádico? Te has de estar saboreando los huesos, cabrón. El inspector salió disparado. Felipe dejó la pistola sobre el escritorio, agarró el dinero de la caja registradora y lo repartió entre los cuatro: Por si agarran a alguien, para que los demás puedan escapar.

No hubo necesidad de decir más, como si se hubieran puesto de acuerdo por telegrafía inalámbrica instalada en sus cerebros, también conocida como telepatía, corrieron sin equipaje hasta la central camionera. Se subieron a un autobús que en el parabrisas tenía escrito Durango. Felipe y Lupita se sentaron juntos. Lolita no quiso tomar el asiento al lado de su primo. Al fondo del camión encontró otro lugar vacío, pero tampoco pudo sentarse. Le pareció imposible seguir viviendo con ellos. Por la ventana vio otro camión con el letrero de Guadalajara y decidió cambiar de destino. Pagó el pasaje con el dinero que le había dado Felipe y regresó sola a la ciudad de su infancia para buscar a la tía Licha, contarle del oficio que había aprendido, abrazarla y pedirle perdón por los berrinches con que se separó de ella.

En Durango, Lupita y los dos Felipes nomás hicieron escala. Después huyeron a Estados Unidos. Houston, para variar. Nunca metieron a la cárcel a Felipe, al contrario, hasta le dieron un puesto. Necesitaban telegrafistas que hablaran español. Allá siempre ha habido mucha clientela hispanohablante. Años después Felipín se enlistó en el ejército gringo, para conseguir la ciudadanía. Estuvo en la Segunda Pacificación Mundial, condecorado y todo. Y ya que estaba jubilado, como que le dio remordimiento de conciencia, o quizá exceso de ocio, porque contactó a mi abuela. ¿Tú crees? Primero por telegrama y después por telepatía escrita, o sea: carta. Nunca le pidió disculpas por acusarla de cristera. Ni Lola se las exigió. Sigo sin comprender por qué mi abuela le aceptó la correspondencia. Y cuando releo las cartas, me sigue sorprendiendo que Felipín, o más bien Felipón, porque ya tenía casi ochenta años, le llamara: Primita chula. ¿Por qué a él si le permitía decirle chula? No sé. A lo mejor la Generala también le decía primito chulo, pero tampoco lo sé. Nunca leí las cartas que ella envió, nomás las que recibía. Ahí Felipón le cuenta todo, que Lupita los abandonó una semana después de llegar a Estados Unidos y su papá nunca volvió a casarse. Acá entre nos, me dio mucho gusto.

Está buena la canción, ¿verdad? *Hay perros que no ladran / pero te lamen los hue…* Aguanta, Rulfo, ¡*los huesos*! Sácate para allá con tu pinche filantropía, humanófilo pervertido. Ándale, las manos sí, babéamelas todo lo que quieras, al cabo ya oscureció.

Mientras me sacas brillo te sigo platicando. ¿Te acuerdas que el judas me había puesto un madrazo?... ¡École! Y que yo tenía que devolverle a Mamá Lola el dinero que le robé, si quería que me regresara los boletos para el clásico. Pues al día siguiente me desperté bien temprano y me puse a buscar trabajo. El que fuera. Fui al puesto de periódicos de la Concha, del templo de la purísima Concepción, mi bisabuela Concha ya llevaba muchas décadas muerta, te estoy hablando otra vez de 1992. Afuera de ese templo había un puesto de periódicos. Como no tenía lana, le pedí chance al don de revisar los avisos de ocasión. El don me vio de arriba abajo, como diciendo: ¿Pues qué, me viste cara de beneficencia pública? Y yo: Ándele, don, estoy buscando chamba para llevarle dinero a mi abuelita… En cierta forma era la neta, Rulfo. Y funcionó. El don hasta me felicitó: Ta bueno que la juventud se ponga las pilas. Y luego se aventó el discurso de que el país tenía un futuro glorioso si había más muchachitos tan responsables como yo. Parecía político. Parecíamos, porque yo tampoco fui muy honesto. Se mochó con un ejemplar del Informador y me dijo: Joven ilustre, ¡siempre abajo y a la izquierda! No era un grito revolucionario, se refería a la parte del periódico donde publican las ofertas de empleo.

Lo primero que leí fue que un restaurante en la Avenida Colón solicitaba garroteros. La Paloma, se llamaba. Inspirado por el nombre y como no traía para el camión, me fui volando. Pronto terminé rodando, por mi sobrepeso. Eché los bofes y llegué empapado de sudor. Estaba seguro de que me iban a decir: Gracias por participar y vuelva pronto. Porque, imagínate, que el trabajador de un restaurante apeste a sobaco, no me parece muy higiénico. Me presenté con el capitán de meseros: Soy Salvador pero me dicen Chava, vengo por lo del trabajo. ¿Tienes experiencia, Chavita? Y le contesté: A lo mejor. ¿Cómo que a lo mejor? Es que no sé a qué se dedica un garrotero. En mi imaginación, Rulfo, un garrotero era quien daba garrotazos. El personal de seguridad que saca a chingadazos a quien se niega a pagar la cuenta. Experiencia dando madrazos no tenía, pero recibiéndolos, ¡un chingo! El mero día anterior un judas me acababa de engarrotar el rostro.

Quién quita y hubiera sido mejor no ponerme el bistec y llegar con el ojo todo morado, para presumir mi formación en el oficio. Pero entonces me explicó el capitán de meseros: Garrotero es el que recoge los trastes sucios de las mesas, se los lleva a la cocina y los lava. Y yo ahí pensé: No pues valiendo garrote, en eso sí no he agarrado experiencia. Y sigo sin tenerla, acuérdate que cuando nos quedamos sin trastes limpios, antes que lavar un plato, prefiero improvisar con un libro como bandeja. En ese entonces ya era igual de cuachalote. Pero yo, para que me dieran el trabajo, dije: Entonces tengo bastante experiencia, soy como quien dice el lavatrastes profesional de mi abuelita. ¿No acababa de aprender que servía un chingo usar a mi abuelita como argumento? Me funcionó otra vez: Ta bueno, agarra un uniforme y ponte a fregar los platos. Y yo me le quedé viendo. Apúrate porque abrimos en quince minutos. Y me animé a preguntarle: ¿Y cuánto voy a ganar por hora? El capitán sonrió: Depende, se juntan las propinas y al final lo dividimos entre todos. ¿Quiénes somos todos? El cocinero, los meseros, los otros garroteros, las de la entrada, el viene-viene, la cajera, los de la limpieza y, creo que se me está olvidando alguien, aparte de mí. No pues ahí supe por qué se llamaba garrotero, ganabas puro garrote. Y es literal, no nomás albur. Lo ganabas o lo dabas, según fueras gavilán o paloma, yo creo que por eso le pusieron ese nombre al restaurante.

Además, el trabajo era muy estresante. Ni te imaginas. La mitad no teníamos sueldo fijo, y a los que tenían no les alcanzaba para nada. Era una batalla por las propinas. Si me tardaba en quitar un plato, llegaba alguien y me daba una nalgada: No te me duermas, Chavita, ¿o quieres que te lleve el de la carretilla? Y ahí iba yo corriendo a limpiar las mesas. Pero de todos modos a las dos horas de haber empezado ya tenía las nalgas bien hinchadas. Ni necesitaba jabón, para la lavada, con el sudor dejaba los trastes perfumados.

Un mesero se dio cuenta que andaba todo estresado y me dijo: Si necesitas un paro ve al baño, allá se están alivianando. Y yo, no sé, dije, a la mera están platicando un rato, tomándose un juguito de naranja o algo. Estaba bien cachorrito, Rulfo, inocente. Y que voy. Había tres meseros fumando. Tabaco, hasta eso. En ese entonces no estaba prohibido fumar en lugares cerrados ni nada. Y yo bien desilusionado, porque con eso no me iba a relajar. Me sonrieron los tres y uno me dijo: ¿También quieres alivianarte? Y yo: Sí, pero no fumo. Y otro: Espérate a que salgas y también vas a querer chuparle. Y yo así de: Pero si apenas son las diez de la mañana, falta mucho para que salgamos del trabajo. Se empezaron a reír. Me di la vuelta para irme y un mesero me agarró del glúteo derecho. Como ya lo traía todo adolorido de tanta nalgada, le grité: ¡Órale, cabrón! Y él: Ta bien, nomás quería calar de qué lado bateabas. De ninguno, soy futbolista. Sentí como si les hubiera confesado que era virgen.

El mesero manolarga me dijo: Ahorita se te quita. Y luego gritó: ¡Ya hay cola! Fue como si hubiera dado una orden. Enseguida se abrió la puerta de una de las cabinas de los baños. El capitán se estaba abrochando el pantalón y el cocinero, sentado en el excusado decía: Viene viene, avance avance, el que sigue, antes de que se me quemen los frijoles. Ahí te va el novato, dijo el manolarga y me aventó al baño. Y el cocinero: ¿Cuántos años tienes, mijo? Y yo, supongo que por los nervios, dije: Dieciséis, pero mi abuelita ya pasa de los setenta. Y el cocinero: Pues que te la chupe ella, porque para mí estás muy tiernito. Me dio un empujón, jaló al mesero manolarga hacía adentro de la cabina y cerró de nuevo la puerta. Los demás empezaron a carcajearse. Me fui corriendo del baño y del restaurante.

Estuve pensando un rato en Yurigol. Y en que ya no podía volver a La Paloma, ni por las propinas. Más que miedo, me daba vergüenza. Como si hubiera algo podrido en mí, algo malo por lo que el cocinero me hubiera rechazado. El defecto de la adolescencia. Pinche cocinero mamón, pensé en ese entonces. Ni que yo estuviera tan horripilante. Y me resigné a buscar otro trabajo en El Informador.

El siguiente aviso que me atrajo decía: Se solicita Pato Donald para fiestas infantiles. Pues bueno, si no había podido ser ni gavilán ni paloma, quizá tendría éxito siendo otra ave. Todo el trayecto fui cavilando qué contestar si me preguntaban si me gustaban los niños, no quería que me creyeran pedófilo. No sé por qué me preocupaba eso, a lo mejor porque tomé como modelo al cocinero que acababa de negarse a hacerme una mamada y quería ser digno de sus enseñanzas. Mis mortificaciones fueron inútiles. No me preguntaron nada. Nomás me dijeron: En el cuarto del fondo está la botarga, póntela rápido porque ya empezaron a llegar los clientes.

Los clientes eran los niños, bueno, sus papás, pero desde entonces los escuincles mangoneaban a sus jefes. Los pájaros tirándole a las escopetas. Pinche lenguaje tan lleno de metáforas aladas. Lo ha de haber inventado un ornitólogo. Ahuequé el ala hasta llegar al cuarto del fondo. Tardé como media hora en disfrazarme de Pato Donald. Una botarga es como un temazcal portátil. Te deja bien zopilote porque no puedes respirar bien y del sudor a los cinco minutos ya te apesta el ala. Los mocosos me vieron cara de pañuelo. Se sonaron las narices conmigo y me pegaron chicles en todo el plumaje. Yo cerré el pico, total, me iban a pagar por rostizarme ahí adentro, no por lavar el disfraz. Y poco a poco, los pavorosos chamacos pasaron, de lanzarme pollos, a estamparme cachetadas guajoloteras. También me pisaron, no como los tortolitos, con sus pesuñas picotearon mis patas. Querrían que los empollara o no sé qué, porque no dejaban de colgarse de mi cola. Empezaron a reventarme los huevos. Y de repente sí se me puso la piel de gallina, pensé: Estos pollitos me quieren hacer fuagrás… ¿Sí sabes qué es eso Rulfo? Mira tú, qué gourmet me saliste ¿pues dónde vivías antes de que te lanzaran a la calle?... Pobres patitos. Han de graznar: Mejor me hubieran criado cuervos, ellos nomás te dejan ciego. No que los humanos, mucho ojo, Rulfo, si te descuidas, te ensartan.

Una parvada de niños me andaba buitreando, me canso ganso. Y la del cumpleaños, una palomita que parecía bien tierna, agarró un palo de madera y vino volando hacia mí. Con mis ojos de halcón alcancé a ver detrás de mí a otra chamaca, un ave carroñera que ondulaba el cuchillo del pastel. Quise aplicar la del avestruz y enterrar la cabeza en la arena. Y ahí escuché un picotazo, durísimo. Me di la vuelta pero no lograba ver nada, la cabeza del disfraz se me había movido. Los ojos del Pato Donald ya no estaban alineados con los míos. Me concentré en los sonidos. Respiré tranquilo porque no era mi carne la que estaban ablandando. Me acomodé la máscara y vi que la palomita cumpleañera traía pichón. Apaleaba como piñata a la otra chamaca, que ya había tirado el cuchillo. La palomita gorjeó: Toma, pinche güila, para que no te acerques a mi gallo ¿entendiste? Yo seguía más apendejado que un dodo, pero comprendí que la palomita quería hacerse un caldo conmigo. Dejó a la otra niña toda desplumada en el suelo, emprendió el vuelo y se posó a mi lado.

Yo no quería construir mi nidito con nadie que no fuera Yuridia. Así que me hice pato o, para incluir aves metálicas, le di el avión. Pero la palomita estuvo zopiloteando a mi alrededor durante toda la fiesta. Por más que me escondiera, era como si tuviera un radar, a la hora de la gallinita ciega daba conmigo hasta con los ojos vendados. Una y otra vez me gorjeó al oído: Dame un kiko. Y yo se lo daba para que dejara de joder. Bueno yo no, el que le daba el beso era el Pato Donald, yo de puro cotorreo le ponía el pico ahí nomás en su mejilla. Pero ella cacareaba más fuerte: No, que así no, dame un kiko sin la máscara. Parecía perico la niña, repitiendo todo el tiempo: Dame un kiko, dame un kiko, dame un kiko.

Intenté distraerla trinando la rola esa de *Doña Blanca está cubierta / de pilares de oro y plata.* Pero pinche palomita, no paraba de cagarme el pilar, como si fuera de cantera, ya ves que les encanta defecar en los monumentos de piedra. Y en un momento en que no vi al ave de presa, me despedí rápido de los demás pollitos con un colorín colorado esta fiesta se ha acabado y vivan felices y coman perdices, o no sé qué, y me fui corriendo al cuarto del fondo para deshacerme del disfraz.

Cuando abrí la puerta descubrí que me estaba esperando la palomita. Le dije: Vete, tengo que cambiarme. Y ella: Déjame mirarte. Y yo: No se puede. Y ella: De regalo de cumpleaños, nomás la cara. Y pensé: bueno, un vaso de agua no se le niega a nadie. Obligado a refrescarle la pupila, me quité la máscara de Pato Donald. La palomita se me quedó viendo y, te lo juro Rulfo, regurgitó. Nunca voy a olvidar esa garganta. Se tragó el asombró para después vomitar desilusión. Yo creo que se había confundido de cuento de hadas. Pensó que las aves se convertían en príncipes azules. Y en mi caso, el patito feo se convirtió en sapo.

La metamorfosis no fue mágica, sino lógica. Oye, cuatro horas rostizándome en esa botarga. Ya ves que las yemas de los dedos se arrugan después de mucho tiempo en el agua, pues así tenía yo la cara, como ciruela pasa por tanto sudor. Y luego la palomita también se transformó, se convirtió en becerra. Y yo, cuando toqué los surcos de mi rostro, casi me pongo a berrear junto con ella. La becerra como que traía cencerro, de tanto grito me tuve que tapar los oídos. Y en chinga llegaron los pastores. La mamá me aventó y, como aún andaba desequilibrado: mitad Pato Donald, mitad sapo, pues terminé en el suelo. En eso se acercó mi dueño… que diga, mi patrón, es que estaba pensando que yo era como la mascota del salón y él, el dueño… No, entre nosotros ese tipo de relación no existe, Rulfo... Entonces, sin siquiera preguntar qué había pasado, mi amo se disculpó con los pastores, como cuando yo tuve que pedirle perdón al señor ese que le encajaste los dientes. Solo que yo no había mordido a nadie.

El amo sacó un pedazo de plástico del bolsillo y, como si fuera a hacer fuagrás artesanal, empezó a inflarlo por la fuerza. Luego lo ahorcó, fracturó y ató hasta deformarlo en un remedo de perro salchicha. Igual que los poetas hacen con las palabras, Rulfo, pero con los globos en vez de lírica se llama globoflexia. A pesar de la metáfora canina de plástico, la niña seguía ejercitando sus pulmones. Los padres estallaron y se marcharon gritando. El amo me desinfló: Quítate la botarga y no te molestes en volver mañana. Pero yo: Aguante ¿y mi sueldo? Y el amo: Tienes razón. Son doscientos mil pesos por las cuatro horas, menos cincuenta mil por la renta del traje. ¿Cómo que la renta? Y él: El anuncio dice que se solicita Pato Donald, si no traes el disfraz, yo te ofrezco el servicio de renta; menos otros cincuenta mil por mis honorarios de mago. ¿Cuál mago? ¿Cómo que cuál? ¿Quién convirtió el globo en perro salchicha? Y luego otros cincuenta mil por las vendas que le tuvimos que poner a esa pobre niña. ¿Cuál niña, qué vendas? Pues a la que agarraron de piñata, era tu responsabilidad, ¿a poco crees que te pago por divertirte?, te toca cuidar a los niños. Bueno, ya, deme los cincuenta mil que me quedan. Espérate, falta restar los daños morales, porque los papás de la niña que hiciste llorar van a platicarle a todas sus amistades que trataste de abusar de su hija. Pero yo… Ni me dejó terminar la frase, me interrumpió con un: Mejor ya lárgate, antes de que me salgas debiendo ¿o quieres que le hable a la autoridad? No, Rulfo, ahí sí ya mejor ni dije nada, todavía me dolía el madrazo que me puso el judas. ¿Tú crees que me iba a esperar a que vinieran los cuicos? Me terminé de cambiar y me largué con la cola entre las patas. A veces trabajar sale caro.

Si el primer día no tuve suerte, el segundo, menos. El don de los periódicos ya no quiso becarme con El Informador. Pero yo no me agüité y seguí con la motivación a todo volumen: *Hay gatos que no mueren, le dan la vuelta al cielo*. Así que, al tercer día, resucité de entre los desempleados. Iba como sabueso por toda la ciudad, olisqueando alguna chamba, cuando me insufló una fragancia aditiva, o sea, como la que añaden a los plumones de tinta permanente. El aroma me guio hasta un edificio gris sin ventanas ni pretensiones arquitectónicas, una caja de zapatos gigante. En el portón había colgada una cartulina amarilla. Me acerqué a oler lo que tenía escrito. No, el aditivo provenía del interior del edificio.

¿Qué habría del otro lado del portón?... No ladres, es pregunta retórica. Un nuevo empleo. La cartulina decía: Se busca muchacho fuerte con ganas de trabajar. Tiré de un alambre y sonó una campanita. Un señor entreabrió el portón y me preguntó: ¿A quién buscas? Dije: Ustedes son los que me están buscando, patrón. Y señalé la cartulina. El señor me jaló hacia adentro del edificio y cerró de nuevo. Me corrigió: Yo no soy el patrón, soy el Conta. Iba a presentarme, pero no quise interrumpirlo porque noté que estaba calculando mi sobrepeso. Supongo que lo hizo por deformación profesional, contó los kilos que podría convertir en fuerza de trabajo. El balance debe haber salido positivo, ni me dio tiempo de decirle mi nombre. Me dijo: Vas a ganar cincuenta mil al día. Y yo, como ya estaba arisco de mi empleo anterior: Pero luego no me van a rebajar nada, ¿verdad? Y él: Con suerte te rebajamos esas lonjas. No me dio tiempo de revirarle, y qué bueno, porque lo único que habría dicho es que mi abuelita estaba flaca. El Conta gritó: ¡Beto, explícale lo que hay que hacer! Y Beto, muy didáctico, llegó con un costal más obeso que yo y me lo aventó a los brazos. Al cacharlo casi me sale una hernia. Aunque Beto estaba tan tilico como mi abuela, agarró otro saco igual al mío, se lo echó al hombro y se fue silbando hacia el fondo de la fábrica como si cargara una bolsa de algodón.

Supuse que tenía que imitar al Beto. Yo no sabía silbar, pero igualito que él, vacié el costal en una como olla presto gigante. Luego fuimos por unas cubetas y revolvimos con un palo el contenido verde hasta que se hizo azul. Después vertimos el líquido azuloso en la olla presto y entonces expidió un humito en el que reconocí el olor que me había atraído hasta mi nuevo empleo. Inhalé profundamente. Al exhalar aprendí a silbar. Dos horas después de estar remedando a Beto empecé a imaginar que yo era una fotocopiadora humana. Y seguí duplicando sus movimientos hasta que se me acabó el papel. O sea, él cerró la olla y yo pues ni modo de volver a cerrar una olla que ya estaba cerrada. Lo mismo pasó cuando conectó el enchufe y apretó un par de botones. Me sentí descompuesto. Vacío de objetivos en la vida y en la subida, me dio el bajón.

Beto volteó dos cubetas vacías. Se sentó en una y me ofreció la otra. Asentí a tomar asiento y luego me sentí aún más pendejo cuando de su mochila sacó un lonche y una caguama. Me miró igual que el Conta un par de horas antes. Partió el lonche y al darme la mitad dijo: Mañana te traes el tuyo, no te voy a estar cebando gratis. Luego me sirvió de su caguama en un envase de leche que tenía restos de pintura azul. Con la mezcla cromática, el líquido se volvió verdoso. Yo ya había probado cervezas amarillas y negras. Ninguna me gustaba, pero me parecía de mala educación rechazar tan colorido gesto.

El lonche se me pegó al paladar, como si en lugar de crema trajera Resistol. Supongo que la pintura azul traía antiadherente, porque al beberla pude tragar el aguacate. Después de la comida, Beto me puso a barrer y a trapear. Ya estaba arrepintiéndome de trabajar cuando pitó la olla. Me acerqué corriendo entusiasmado y entre ambos la abrimos. Me tuve que tapar la nariz. El olor se había transformado en una hediondez muy descriptible, pero no quiero incomodarte detallándola. Beto se carcajeó y cantó: *Perfume de gardenias / tienen tus ojos.* Mientras seguía con la serenata, vaciamos el contenido de la olla en unas latas de cinco litros, grandotas, como las de los chiles en escabeche. Luego pusimos sobre ellas unas tapas y las golpeamos con un mazo para sellarlas herméticamente mientras Beto tarareaba: *Y llevas en tu alma / la virginal pureza...* Pura madre que eran puras. Pinches latas adúlteras. Adulteradas. Da lo mismo Venus que Cibeles.

Beto sacó unas calcomanías y nos pusimos a pegarlas en las latas. Entonces supe qué era lo que reproducíamos en esa fábrica: Resanador automotriz. Según la calca: Fabricado con la más alta tecnología alemana. Y para rematar con broche de oro, hasta abajo traía escrito en inglés: *Made in West Germany*... ¿No aúllas en inglés, Rulfo? Hecho en Alemania Occidental. Hijos de su piratera madre. Ya ni existía el muro de Berlín, en 1992 ya ni se decía Alemania Oriental ni Occidental, cuando mucho Alemania Reunificada, o República Federal Alemana. Mejor le hubieran puesto: Hecho en la Atlántida. Total, mientras sea más barato, a la gente le vale dónde se haga o que haya explotación infantil. Pero yo ya tenía quince años, era adolescente, sería explotación a lo decente, o sea, a bombardear lo que se mueva.

En esa fábrica, como estipula la lógica cantinflesca: clandestina pero legalita, trabajé el resto de la semana. Lo tuve que hacer a crédito. El pinche Conta se negaba a pagar el mismo día: Hasta la quincena, decía. Nomás para jinetearnos la lana, ni que fuera a declarar impuestos. Beto me platicó del colega al que yo estaba supliendo: don Reptilio. Pero ya no te cuento eso, Rulfo, porque te me pones a aullar toda la noche....

Ya que insistes. Resulta que don Reptilio era alérgico a los químicos que se usaban en la fábrica. Primero nomás le salían ronchas, pero después de unos años se puso más grave. Varios clientes se habían quejado. Las latas llegaban con restos de vómito. Por dentro y por fuera. Y no creas que le dieron incapacidad médica, no estaba en el seguro social ni nada, ni siquiera se firmaba contrato. Y cuando empeoró, además de darle las gracias, le dieron más desgracias. Beto me platicó que un día antes de que yo llegara, don Reptilio fue a pedir que le dejaran volver al trabajo, que porque a su edad ya no conseguía nada y que sus hijos… Tranquilo, ya no te voy a amargar la noche con las condiciones laborales en el Guanatos noventero. Tú sereno, moreno, que ya cambiaron las cosas. Tenemos correas más justas, el peridiocazo básico bajó, ganamos el derecho a la castración, hay esterilizaciones gratuitas, se implantó el Servicio Veterinario Universal y gozamos de cremaciones dignas…

Eso, cántale: *Hay gente que no arriesga / le tiene miedo a la muerte*. Con lo que dejé que me explotaran en la fábrica alemana occidental tapatía ya me alcanzaba para regresar lo robado a la Generala. En teoría. En la práctica el problema era que pagaban por quincenas. Yo necesitaba la lana el día trece, si quería recuperar los boletos antes del partido. El viernes le rogué al Conta: Don Conta, ¿Qué le cuesta? Aliviánese con la raya hoy. Y el Conta: Tiene que ser el quince, Chavita. Pero cae en domingo, ¿no me lo puede dar hoy? No, vas a tener que esperarte al lunes. Pero Don Conta…Y que me grita: ¡Yo no hice el calendario, hay que esperar al quince porque Hacienda nos trae cortitos!

Pinche Conta, ni facturas daban. No me quedó otra que clavarle el colmillo, ya sabes, el argumento infalible: Mi don Conta, yo no quería decirle, pero me está orillando a ser sincero, el dinero me urge para mi abuelita, anda bien enferma. Tampoco era mentira, Rulfo, la Generala supuraba amargura. El Conta se solidarizó a medias con la causa: Nomás para que no digan que no tengo corazón, vente el domingo como a las diez y te pago. Nadie decía que no tuviera corazón, que era un pinche ojete, eso sí, pero no me pareció oportuno sacarlo del error. Apenas iba a extenderle las gracias a nombre de mi familia cuando me dijo que ya le bajara a mis lloriqueos y regresara a la talacha.

Mientras sellaba las latas de resanador germano, repasé mentalmente mi agenda para el próximo domingo. A las diez recogería mi paga, a las diez y media se la endosaría a la Generala, a las diez cuarenta, después de su sermón, me regresaría los boletos. A las once en punto llegaría Yurigol, entusiasmada por pasar el día conmigo. Teníamos que vernos ahí porque yo no alcanzaba a ir a su casa, el estadio estaba más cerca de la de Mamá Lola y quedar de verse afuera del estadio era pésima idea porque con tanta gente no te encuentras. Además, seguramente Yurigol quería disfrutar del trayecto a mi lado, los camiones pueden ser muy románticos, sobre todo si hay baches que hagan brincar al vehículo y obliguen a tomar la mano del acompañante para no caerse. A las veinte para las doce ingresaríamos al estadio con el paraguas abierto, para que no nos salpicaran si ya había empezado la bautizadera. Quince minutos después terminaríamos de subir las escaleras hasta la zona C, empapados, pero cada quien de su sudor propio, no del agua de riñón ajena. Y diez minutos antes del silbatazo inicial encontraríamos dónde secarnos. Te aclaro, antes en el estadio las butacas no estaban numeradas, el que llegara primero sacaba su montón de ropa y la extendía como en tendedero para apartar el lugar de los amigos que llegarían en el segundo tiempo.

El único problema que quedaba por resolver era cómo pasarle la dirección de Mamá Lola a Yurigol. Porque en ese entonces casi nadie tenía celulares, si acaso bíper, pero nosotros no… ¿Qué? ¿Estás ladrando en morse o qué? ¡Ándale! Un telegrama ¿Cómo no se me prendió el foco? Así de: Chivahermana Yuri, dos puntos, cita clásico Domingo, a las once en, dos puntos, Calle La Corregidora número 423, coma, tu Chava, abre signo de admiración, traes matraca, cierra signo de admiración. Y me lo manda en calidad de urgente, por favor. Pues haz de cuenta que envié un telegrama por teléfono, porque los nervios me hicieron tartamudear, parecía que estaba hablando en morse. No temblaba por Yuri, ya estaba acostumbrado a que ella me moviera el tapete. La cuestión fue que contestó su mamá. Y se puso a interrogarme: ¿Cómo te llamas? ¿Qué edad tienes? ¿A qué se dedican tus papás? ¿Dónde vives? ¿Picas o platicas? No, eso no me preguntó, pero casi casi.

Cuando finalmente me contestó Yuri, la respiración de su mamá siguió oyéndose por el otro auricular, espiaba la conversación. Así que Yuri también habló como telegrafista. Casi casi nomás: Muy bien, coma, ahí llego, coma, buenas noches, punto final. Si no hubiera habido pájaros en el alambre se hubiera despedido con un: Tuya por siempre y puntos suspensivos. ¿A poco no?... ¿Rulfo? Ah, perro, me dejaste solo con mis chaquetas mentales. ¿Y la patita de las buenas noches? Ingrato. Y a mí que ya se me espantó el sueño. ¡Rulfo! Ya nomás nos falta una canción del lado A, el B nos lo echamos mañana ¡Despierta! ¿No oyes hablar a tu humano? Ah, pero cuando a ti se te ofrece, bien que pones tus ojitos de: No me dejes en la azotea, hace mucho sol, la vecina me avienta piedras. Y yo de pendejo que te cargo a todos lados, hasta al tianguis te iba a llevar mañana. Pero si me prefieres aplicar la ley del hielo, da igual, tú eres el que luego está chingando con que te platique algo… ¡Ándale! ¿No que no? ¿Qué te cuesta? De premio mañana te cuento una de fantasmas. De otros.

5. SOMBRAS EN TIEMPOS PERDIDOS

Ese domingo salí de la casa tan nervioso que olvidé mi sombra. Me refiero a los audífonos que me acompañaban a todas partes, como tú comprenderás. Me sentía desnudo, así que tuve que regresar por ellos. Una vez completo, fui a la fábrica de resanador automotriz ensayando una serenata para Yurigol: *Voy a través / del cristal microscópico de tu piel / celular.* Imaginaba cantarle al oído: *Junta tu rostro mojado con el mío.* Llegué empapado de sueños a la fábrica. Toqué la campanita pero nadie me abrió. Me senté en la banqueta e intenté secarme recitando estadísticas de fútbol. La noche anterior las había memorizado para Yurigol. Temía que los nervios me dejaran mudo. Era mi primera cita.

Dieron las diez quince y el Conta no llegaba. Pensé: No vamos a alcanzar butacas, tendremos que sentarnos en las escaleras porque seguro habrá sobrecupo. A las diez y media tuve un mal presentimiento. Más bien post-sentimiento, porque cuando lo tuve el pinche Conta ya llevaba media hora de retraso: ¿Y si me citó en domingo nomás para que no estuviera chingándolo, pero nunca tuvo la intención de venir? Traté de bajar el volumen a mi paranoia. A lo mejor había mucho tráfico. Si el Conta llegaba antes de las once, todavía alcanzaríamos a escuchar el silbatazo inicial. A las once diez, ahí sí ya le menté su madre, a todo volumen, para que me escuchara donde quiera que estuviera carcajeándose de mí. También le di una patada al portón de la fábrica que hizo sonar la campanita. Mientras me sobaba el pie, me resigné a no ver los primeros cuarenta y cinco minutos del partido. A las once y media se esfumó la esperanza de ver los segundos. Ya ambos tiempos estaban perdidos, ni sus pinches sombras.

Medité si era prudente volver a casa. ¿Yurigol seguiría esperándome? Y ahí me acordé, ¡en la madre! No le había avisado a Mamá Lola que iría Yuri. Es que pensaba llegar antes que ella. Había planeado que, cuando Yurigol tocara a la puerta, yo mismo le abriría y nos iríamos luego luego. No contaba con que la enorme informalidad del Conta abarcaba, desde maquillar las finanzas, hasta plantar a los empleados. Ya ni la hace. También yo soy miembro del comercio informal, pero si me comprometo a sacarte a las seis de la mañana para que cagues a gusto, a las seis y cuarto ya estamos aventando la bolsita con tu premio al balcón de la vecina que te apedrea. Es que hay una ligera diferencia, si tú quieres casi imperceptible, pero palpable, entre ser informal y ser un hijo de su impuntual madre.

En ese momento me imaginé a Yuri tocando a la puerta del cuartel. Y a la Generala interrogándola desde la ventana: ¿Qué se le ofrece, Cabo? Y la Cabo: Generala, aquí reportándome a servicio con mi Chava. Y su superiora: No, mi chava, el chavo deschavetado se chivió, no ha llegado. Y Yuri: Solicito permiso para esperarlo. Y la Generala: Nomás sin descansar la mirada en la pared, no me la ensucie: ¡Firmes! Así me lo imaginé, Rulfo, ¿qué quieres? Y seguía mortificándome: ¿Me regreso al cuartel? Pero ¿qué ganaba? Ya era demasiado tarde. Y en caso de que Yurigol siguiera esperando a su Chava, mejor llegar con el dinero de los boletos. Si no, qué vergüenza, dos horas tarde y con las manos vacías. Mamá Lola me las hubiera cortado. Y seguro iba a denunciarme con Yuri, tachándome de robaviejero.

Decidí que lo menos peligroso era seguir esperando al Conta. Tenía que regresar con el dinero. Si ya no alcanzábamos a ver el partido, al menos podría invitarle unos cueritos afuera del estadio, como disculpa. Cuando dieron las doce, le puse estop al casete de los Caifanes y sintonicé el canal cincuenta y ocho. En esa estación transmitían los partidos en vivo. Ya estaban anunciando las alineaciones: En la portería de la fábrica, con el número uno: El coraje de, y en mi cabeza todo el estadio gritaba: ¡Chava! Como indefensa central, con el número dos, la dignidad de, y el grito se repetía: ¡Chava! Como medio sin contención, con el tres en los dorsales, las lágrimas de: ¡Chava! Era llanto de impotencia, Rulfo, qué sé yo. Luego el comentarista dijo su típico: arrrrrrrancamos el encuentro. Y de los puros nervios empecé a rascarme la mano. Del partido no recuerdo nada.

Cuando me salió sangre dejé eso de la rascadera. Al que quería despellejar era al Conta. Me chupé la herida y en eso llegó el muy cabrón, sonriendo con su cara de pendejo. Quería desfigurarle el rostro, pero no tenía ganas de ponerme a hacer favores. ¿Me puede pagar rápido, don Conta? Ya se me hizo bien tarde. Me respondió: No te apures, pa' que dures. Sacó un sobre y me lo dio. Me lo guardé rápido, sin contarlo, y ya estaba tomando impulso para correr cuando me agarró del hombro: Sereno moreno, tienes que darme tu poderosa. ¿Estaba acosándome o auto albureándose? Entendí a qué se refería cuando me extendió un recibo y una pluma. Puse un garabato ahí, sin leerlo, con la esperanza de alcanzar a Yurigol. Quizá le cedí mi alma. Pero todavía ni inventaba mi firma, así que no vale. Le dije: Hablando de poderes, renuncio. Y me fui corriendo sin darle las gracias, ni las mentadas que se merecía.

El árbitro dio el silbatazo final un par de segundos antes de que yo llegara a casa de mi abuela. Yuridia no me recibió con una sonrisa, ni me abrazó, ni me besó, como había alucinado en el camino. Ni siquiera me esperó. Apenas metí la llave en la cerradura y se abrió la puerta. Era Mamá Lola con el dedo índice apuntando hacia el cielo, como si el infierno se hubiera elevado hasta las nubes: No me vuelvas a mandar a tus amiguitas ¿Te crees que soy tu secretaria o qué? La increpé como si mi retraso fuera culpa suya: ¿No podías dejarla pasar, un vasito de agua, lo que sea, para que me esperara? Y Mamá Lola: ¿Además tenía que entretenértela? ¿Me viste cara de payasa o qué? Payasos son los que no cumplen su palabra. Me dieron ganas de aventarle los billetes en la cara. Pero recapacité, mejor no le pago. Pues sí, los boletos ya valían pa' pura madre, el partido se había acabado. La dejé con el sermón en la boca y me largué a casa de Yuridia. Tenía que disculparme, si no con cueritos, aunque fuera con unas nieves como premio de consolación.

Si te acuerdas, Yuridia vivía bien lejos. Tardé como dos horas en llegar. En domingo pasan menos camiones. Me quedé parado en la puerta como veinte minutos, sin animarme a timbrar. No sabía por cuál de todas las cosas debía pedir perdón primero. ¿Por lo cascarrabias de mi abuela? ¿Por haber hecho que se perdiera el clásico? ¿Por hacerla ir al cuartel de la Generala? ¿Por mi ausencia? ¿Por mi presencia?

Decidí abandonarme a la improvisación y timbré. Escuché un grito que parecía venir del patio interior de la casa: ¡¿Quién?¡ Supuse que era la mamá de Yurigol y como ignoraba su nombre respondí: Buenas tardes, doña Yuri, ¿está su hija? Escuché unos pasos correr hacia mí ¿Era Yuri, la chica, emocionada por verme? Mientras quitaba los seguros de la puerta, la doña me dijo: Ya sé quién eres, re-cabrón, todavía tienes el descaro de venir. Hace dos días había hablado por teléfono, por eso reconoció mi melodiosa voz. Y con eso del descaro y el re-cabrón tuve claro que Mamá Lola le había hecho una de las suyas a Yuridia. Oí cómo batallaba con los seguros, como si estuviera furiosa, así que para intentar tranquilizarla, dije: Vengo a disculparme, doña Yuri, no se apure pa' que dure. Y ella: ¿A disculparte? ¡Hijo de tu pinche madre! Y yo: Más bien nieto de mi pinche abuela. Precisamente por eso vengo a... Y bolas, don

Rulfo, ni me dejó terminar. A uña recién esmerilada se me dejó ir la doña.

Lo bueno fue que me las encajó en la oreja, porque me traía medio sordo y ni podía escuchar sus insultos. Pero cuando pasó del arañón a jalarme las greñas, ahí sí dije: vale más mi cabellera que una disculpa. Dejar plantada a Yurigol si fue una jalada, pero más jalado de los pelos me parecía ser calvo prematuro por lo que fuera que mi abuela le hubiera hecho. Seguro la puso a hacer sentadillas con una enciclopedia sobre la cabeza, porque desde hacía un par de meses Yurigol también se veía muy repuestita. La ha de haber acalambrado, pensé. Pero no me quedé a averiguar. Alcancé a zafarme de la peluquera en llamas y corrí lo más rápido que pude.

Cuando doña Yuri dejó de perseguirme, como a dos cuadras, me detuve y respiré hondo para que no me diera un infarto. Lo que me dio fue la lloradera, Rulfo, pero te lo cuento acá entre nos, no vayas a andar de chismoso. Es que ese domingo yo lo había imaginado bien distinto. Debía ser mi primera cita, pero acabó siendo mi segunda madriza.

Ya que me limpié los mocos y respiré profundo, una mano se posó en mi espalda. Yurigol. Supongo que su mamá le gritó hasta dónde me había correteado. Le dije: Perdón. Y ella: No, tú discúlpame a mí. Mi mamá creyó que eras Raúl. Raúl era su novio, Rulfo, y no, no me hubiera gustado ser ese pendejo al que también le gustaban los Caifanes. Yuri se sentó a mi lado y yo repetí: Perdón porque te perdiste el clásico por mi culpa. Y Yuri: No hay problema, de todos modos estuvo bien cebo, cero-cero. Y yo: También perdóname por la bruja de mi abuela, está amargada, no le hagas caso. Y Yuri: Pues la jericalla que me dio estuvo rica, y si no fuera por lo que me dijo, no me hubiera animado a hablar con mis papás, tu abuela es genial. Y ahí pensé ¿cuál jericalla? Seguro te dio una pócima ¡vámonos al hospital! Pero tenía curiosidad de saber qué le había dicho.

La respuesta de Yuri me dejó más apendejado que los golpes de su mamá: Tu abuela me platicó de su primera vez y de cómo supo que estaba embarazada. Necesitaba que me la barajeara más despacio: ¿No quieres que vayamos por unas nieves y allá me cuentas exactamente qué te dijo? No podía, tenía que hacer sus maletas. ¿A dónde vas? Parece que a Canadá, pero mi papá está organizándolo. ¿Organizando qué? Yuri nomás contestó: Dile a Lolita que muchas gracias y que todo va a salir bien. No mames, Rulfo, de cuándo a acá salieron tan cisternas. A lo mejor doña Yuri sí me había alcanzado, me había encajado las uñas en el cerebro y por eso ahora deliraba. Alcancé a entreoír un adiós. Nada de sonrisas, ni besos ni abrazos.

Me fui en chinga a la parada del camión para regresarme a Canadá y preguntarle a... ¿Dije Canadá? No, para regresarme a la casa y preguntarle a mi chula qué... ¿Dije chula? Creo que yo también ya traigo sueño. Me subí al camión, me recargué en la ventana y me puse los audífonos: *Quiero romper el cristal / que empaña mi cuerpo confuso, difuso*. No sabía cómo hacer para que Mamá Lola me dijera lo que platicó con Yuri. Ni modo de preguntarle: ¿Dónde cogiste por primera vez? ¿En Canadá se siente más rico? ¿Cómo le haces esas preguntas a tu abuela, Rulfo?

El trayecto en el camión se me hizo eterno. Le di otra vuelta entera a la cinta: *Muerdo historias humanas / que nunca han sido comprendidas, olvidadas*. Y arrullado por la música, y porque el día había estado muy perreado, fui cerrando poco a poco los ojos: *Ciego, incompleto, terreno, cruzado / de esquina a esquina te pierdo*. Las estrofas me adormecieron con su incesante repetición: *De esquina a esquina te pierdo*. Antes de perder la conciencia murmuré: Esquina bajan.

Y, cosa rara, el camión frenó lentamente, como si en vez de llantas tuviera almohadas. Muy atento el chofer, me dejó bajar en la pura pesadilla: Yuridia acaricia la puerta de Mamá Lola. Mi abuela le abre, hace una reverencia y extiende una alfombra roja. Yuridia levanta el pie derecho y deja escapar a su sombra que, liberada de la consistencia del cuerpo, se esfuma hacia el interior de la casa. Lola cierra la puerta por fuera, dejando su propia sombra encerrada adentro. Perro callejero, te acercas y olfateas asombrado a las mujeres sin sombra. Espías por la cerradura. Un par de siluetas bailan en la pared. *Ay, amor, hazme creer que todo es verdad.* Las siluetas mutan de color. Ahora son dos niñas amarillas, después dos adolescentes verdes, luego dos adultas rojas. Finalmente se unen en un triángulo azul. Del triángulo brota una cascada. La habitación se inunda, olas gigantescas rompen contra la pared. *Ay, amor, hazme brincar sobre el mar.* Pero el océano se evapora y en los muros quedan solo unas cuantas letras de sal. Del otro lado de la cerradura, levantas tu pata y orinas al tiempo. Estás marcando la época. Los años no dejan de fluir. Los rostros de Lola y Yuri se ensombrecen. La ceniza produce fuego. El olvido arde. Las paredes de la casa humean. Se evaporan. La memoria ha dejado de orinar. En el lugar de Lola y Yuridia solo quedan dos dedos cercenados, naufragan sobre una alfombra de sangre. El recuerdo callejero aúlla: *Somos sombras en tiempos perdidos...*

Pinche Rulfo, ¿otra vez hablé dormido? Mira nomás toda la baba que solté, te tardaste en despertarme. Soñé con los dedos perdidos de mi tío Hércules. Pero ya hay que dormirnos, mañana me sigues escuchando. Venga, ahora sí: la patita de las buenas noches.

LADO B

6. EL NEGRO CÓSMICO

Mírate nomás: *Regado en la misma sobredosis.* Aliviánate porque te vine a despertar con serenata... Eso, regrésamela: *Estoy perdido en las palabras sobrehumanas.* O infrahumanas, porque yo soy el que platica. Pero te gusta fumarte mi choro alucinógeno, ¿verdad?... Por eso te ganaste el desayuno en la camita… Aguanta, ya me lavé los dientes. No. ¡Rulfo! Vete a lamber gatos… Mejor apúrate con las croquetas porque hay que llegar temprano al tianguis.

Fíjate que el lado B es muy intermitente. Tiene partes más tranquilas y otras muy explosivas. Chécate este esfuerzo sin verso: *¿Qué voy a hacer, si el cadáver no se olvida con la piel?* ¡Qué pregunta! Si en mi memoria Mamá Lola y mi tío Hércules siguen vivitos y coleando ¿me dopo con sus recuerdos, los lamo hasta distorsionarlos? ¿O los embalsamo con mi silencio para enterrarlos en el agujero negro del olvido universal? Al rato me acuerdas que te conteste mis pachecadas. Ahorita mejor ya vámonos…

Estate quieto, ya es multa no abrocharse el cinturón de seguridad. Para que te aplaques te voy a seguir contando. Pues primero que nada yo andaba bien agüitado, con las orejas todas decaídas. Además de que no había podido llevar a Yurigol al estadio, se me había ido a Canadá. Por la depresión me encerré en el cuarto. Como a las once de la mañana Mamá Lola tocó a la puerta y me preguntó que a qué horas pensaba dejar los gimoteos. Le arrojé un libro. Y me habría acompañado en el sufrimiento si no la hubiera protegido la puerta cerrada.

Tres horas después, temerosa de que le fuera a inundar de lágrimas la biblioteca, me dijo: Traje mole de la esquina, todavía está calientito. Como yo ya me había enfriado, no le aventé ningún libro. Pero tampoco salí del cuarto. A las diez de la noche volvió a tocar, sin decir palabra. Ni yo. A medianoche escuché sus pasos acercarse. La imaginé recargando su oreja en la puerta, como intentando escuchar lo que yo hacía del otro lado: imaginándola recargar su oreja en la puerta. A la mañana siguiente me gritó desde la planta baja de la casa: ¡Cuando dejes de hacerte el mártir, vienes a la cocina para que te platique algo! ¿De cuándo a acá tan sociable? Seguro quería su dinero de vuelta y, lo que le daba más placer, regañarme por, no sé, haber llorado. Los motivos sobraban. Por mi propia seguridad, preferí poner el seguro a la puerta.

A la distancia, hoy sí creo que mi abuela estaba sinceramente preocupada. Porque el día anterior yo ni había salido del cuarto y, todavía más raro, tampoco había tragado nada. Normalmente tenía que esconderme la comida para que le quedara algo a ella. Ha de haber dicho: Este muchacho se me va a morir de hambre en la biblioteca y voy a tener que hablarle al judas para esconder el cuerpo. No sé qué pensó, pero el caso es que se metió al cuarto sin mi consentimiento. Tenía la llave, era su biblioteca.

Cuando la vi, el instinto de supervivencia me hizo sacar el dinero de mi cartera y dárselo: Aquí está lo que me prestaste. Mamá Lola lo tomó, pero en lugar de irse, que era mi objetivo, se sentó en la cama junto a mí. Metió los billetes en su monedero, sacó los boletos del clásico y me los extendió: Ya estamos a mano. Me les quedé viendo y se los regresé: El partido fue antier, ya no valen. Mamá Lola soltó una carcajada: ¿A poco alguna vez valieron? Y yo, muy dramático: Ciento treinta mil pesos, y mis esperanzas, pero ya puedes tirarnos a la basura. Apenas logró aguantar la risa y puso los boletos de nuevo en mis manos: No seas teatrero y fíjate bien.

Tomé un boleto y me puse a revisarlo. Del lado izquierdo traía impresa la foto de Benjamín Galindo recargado en un alambrado, como si lo hubiera agarrado la policía por exceso de precisión en los tiros libres. Y del lado derecho decía: Torneo de Liga 91-92. Estadio Jalisco. Venía el escudo de las Chivas con sus estrellitas. Y con letras grandotas pero minúsculas: chivas, y con letras chiquitas pero mayúsculas: AMÉRICA. Y traía un par de datos más. Número del boleto: 3499. Sona C. Escaleras 4-6. Pues sí, confirmé que la fecha era la de antier. Ya no valían. ¿En qué quieres que me fije? No creía que fueras tan cabezón, muchacho. Y volví a mirar los boletos, para ver si a lo mejor eran reembolsables o algo así. Y de repente, ahora me da vergüenza, que me acuerdo que zona se escribe con zeta, pero en el boleto estaba escrito con ese. ¡Ese, mi vato loco! Pensé: Pinche directiva de las Chivas usó una ortografía digna de sus aficionados como yo, ni me había dado cuenta. Mamá Lola sonrió ante mi expresión de asombro.

Le dije: ¿Viniste a burlarte de que los chivas escribamos con las patas? Y Mamá Lola: no me río de los chivas, sino de los Chavas. Normalmente era tu abuelo Salvador quien hacía chuecuras, hoy te tocó pagarla. ¿De qué hablas? Compáralos. Y ahí mis ojos fueron de un boleto al otro como si estuviera mirando un partido de tenis. Y yo: Pues los dos dicen zona con ese, pero aparte de eso no veo nada malo, la tinta es la misma, están igualitos. Y Mamá Lola: Por eso, muchacho, así se comprueba el chanchullo. ¿Qué chanchullo? Y volví al partido de tenis: cabeza de Benjamín Galindo, cabeza de Benjamín Galindo, Torneo de Liga 91-92, Torneo de Liga 91-92, Número de boleto: 3499, Número de boleto: 3499. ¿Cómo que el mismo número? ¡En la madre! Menos mal que no había comido, si no me vomito del coraje. La pinche doña de la fila del estadio, además de revendedora: falsificadora. No hay decencia en este mundo, mi Rulfo. Ni hubo, ni la habrá. Porque que te rompan el corazón es justo y hasta te da orgullo, luego te queda algo que puedes andar platicándolo con quien se deje, sin pena. Pero que te vean la cara de pendejo, o que te des cuenta de que te la vieron, es muy distinto. No andas pavoneándote. Más bien emperra… Así mero. Y te urge vengarte porque han abusado de tu pendejez. Yo quería lanzarme y reclamarle a la pinche revendedora hija de su mala ortografía, quería sonarle en las "sonas" bajas a sus chipillos, romperles los puntos y dejarlos en coma. Pero Mamá Lola me agarró de la playera: Primero tienes que comer algo, si no te vas a desmayar en el camino. Tenía razón. Y además la rabia da hambre, como tú comprenderás.

Mientras estábamos desayunando, Mamá Lola se soltó platicándome. Aprovechó que yo traía el hocico lleno y no podía interrumpirla. Hasta comí lento para que me siguiera contando, porque pensé, con suerte me dice lo que discutió con Yurigol. Pero no, se la pasó cuarenta minutos hablando de San Marcos. Era la primera vez que yo oía el nombre de ese pueblo. Cuando terminé de comer y me levanté de la silla, Mamá Lola dijo: Si no tienes ganas no vayas a la escuela, conmigo te echas a perder mejor. Le contesté: Ya empezaron las vacaciones de Semana Santa; de lo que tengo ganas es de echarle a perder su negocito a la revendedora; si no me regresa mi dinero, la denuncio. Y Mamá Lola: Nomás primero acompáñame al mercado, luego la denuncias todo lo que quieras. Bueno, no me costaba nada esperarme un poco, a lo mejor primero necesitaba ganarme la confianza de Mamá Lola, escuchar los dos lados del casete de su vida, para que después pudiera confesarme qué había pasado con Yurigol.

Por eso acepté acompañarla al mercado, Rulfo, y así me convertí en su nieto faldero. Cuando pasamos por el Hospicio Cabañas me platicó de cómo su tía la había robado. Y luego me quiso enseñar dónde había vivido con Licha. Tuvimos que dar un rodeo enorme, porque había calles cerradas y excavadoras por todos lados.

Cuando finalmente llegamos al sitio solo encontramos escombros y un letrero: Estamos trabajando para ti, aquí se construye la Estación San Juan de Dios del Tren Ligero, disculpa las molestias. Lo que me molestó fue la mano de Mamá Lola estrujándome el hombro. A ambos se nos humedecieron los ojos. No quería ver llorar a mi abuela. Para terminar con el silencio que se había hecho, decidí platicarle cómo había conseguido el dinero para pagarle. La tomé de la mano que había puesto en mi hombro y comencé a caminar, jalándola, sacándola del recuerdo. La distraje con el cuento de la fábrica alemana y mis pato-aventuras como botarga.

Cuando le enfadaron mis historias volvió a contarme las suyas. Entre tanta guáguara y caminata se me bajó el coraje de la revendedora y aplacé la denuncia para una ocasión menos inoportuna. Al día siguiente mi abuela y yo volvimos a dar una vuelta por el barrio y su pasado. Me sentía como con esos lentes de realidad aumentada que ahora existen, llegábamos a una calle, mi abuela me platicaba lo que había vivido ahí y poco a poco yo me lo imaginaba en color sepia. A su mamá Concha cargándola en brazos, a Lázaro Cárdenas rogándole a Licha que no lo abandonara. También íbamos al barrio vecino de Analco, nosotros vivimos en La Perla, Rulfo. Son como veinte minutos caminando. La cosa es que a Mamá Lola le gustaba ver la casa de mi tío Hércules, desde afuera. Nunca llamaba a la puerta ni nada. Nomás se quedaba enfrente, quince minutos, supongo que anhelaba ver salir o entrar a su hijo, pero nunca nos tocó.

Al regresar de las caminatas mi abuela me pedía que le leyera en voz alta. No porque estuviera muy cansada o yo tuviera una voz muy dulce. Lo que la Generala disfrutaba era corregirme. Aunque poco a poco descubrí cariño en sus regaños. Sí, se reía cuando tartamudeaba, pero también me daba consejos para no escupir tanto. Buscando mejorar mi dicción, me hizo leer con una pluma entre los dientes toda *La casa torcida* de Agatha Christie. Mi pronunciación siguió igual de chueca, pero mejoró mi elasticidad. Logré tocarme la nariz con la punta de la lengua.

Entonces no me interesaban las novelas policiacas. Nomás quería mantenerme cerca de mi abuela para sacarle los detalles de su charla con Yuridia. A veces yo le sugería el tema, así de: Tengo una amiga que sabe jugar fútbol. Pero Mamá Lola no se dejaba meter gol, contragolpeaba: Mi tío Felipe decía que el telegrafista nace, no se hace. Y sin pasarme la bolita se seguía de filo con algún episodio de su vida. Era bien lángara de la palabra. Sin proponérmelo, me grabé las anécdotas con que ella gambeteaba mis preguntas.

Luego de una semana de restregarme su vida de arriba a abajo, se hartó del papel de periquito y le dio por preguntarme si ya había escogido un oficio: Tienes que ganarte la vida. Según yo la vida ya me la habían regalado mis padres. Pero me corrigió: Tus papás no van a mantenerte hasta que cumplas treinta. Y eso me asustó. Nunca me había puesto a pensar qué quería ser de grande. Ese tema me hacía sentir como dice la canción: *Perdido en un negro cósmico*. Sin lugar en el universo, pues. Algo así le dije. Pero Mamá Lola insistió en que era cuestión de que encontrara mi vocación y todo se aclararía. ¡A lo mejor tú también traes el telégrafo en la sangre! Gritó emocionada. Me intentó enseñar clave morse, pero más tardaba en aprenderme la letra be cuando ya se me había olvidado la a.

Mi memoria no sirve para machetearse puntitos y rayitas, más bien para destazar historias familiares. Aunque eso no tenga oficio ni beneficio. Más bien maleficio. Estoy condenado a recordar para siempre lo que Mamá Lola me platicó esa fatídica semana de abril de 1992. Por ejemplo, la razón por la que regresó de San Marcos a Guadalajara, en lugar de irse al Norte con su tío Felipe.

Lolita quería hacer las paces con su tía Licha, que no le había respondido ninguno de sus telegramas. Se fue de la central camionera directito a la casa de su tía, donde ahora está el Centro Joyero de Occidente. No la encontró. Resulta que Licha ya había hecho las paces con este mundo. Un vecino le dijo que su tía había muerto hacía varios años. No sabía cuánto exactamente. Lolita se quedó toda desorientada, porque hace menos de un año ella se había ido a San Marcos. Licha no podía llevar más de doce meses muerta. No sé si en esa época el tiempo se percibía diferente, o si al vecino no le importaba o no se acordaba de cuándo había fallecido Licha. Podrían haber sido años, décadas, centurias. Así hay gente, Rulfo, a la que le vale madres si desaparece todo el vecindario. Tampoco supo decirle dónde la habían enterrado. Imagino que en una fosa común. Pero Mamá Lola creía que no la habían sepultado, sino que los del Hospital Civil habían agandallado el cadáver para las clases de anatomía. Ya ves que ahí hacen sus pininos los de la facultad de medicina. Pero a ciencia cierta no sabemos qué pasó con los restos de Licha.

De lo que nunca hubo duda es de que falleció. En esa época sacaban fotos del lecho de muerte. En el caso de Licha la hicieron los fotógrafos del Estudio Regis. El que todavía está en la avenida Juárez. Y fíjate, los fotógrafos salieron más eficientes que los del Ayuntamiento, porque en el Archivo Municipal Lola nunca pudo encontrar ningún acta de defunción de su tía, pero en el estudio Regis tenían la imagen muy bien archivada. Nomás dio el nombre y la dirección y al tercer día le resucitaron la foto del cadáver de su tía la rebelde. Revelada en sepia, porque a Lolita no le alcanzó para que la iluminaran a mano.

Esa prueba visual de la muerte de Licha es la que te enseñé anoche, Rulfo, la que me había encontrado en la caja de recuerdos de mi abuela. Para Mamá Lola esa foto era la tumba de su tía. Como no sabía dónde la habían enterrado, o si quedó insepulta, ahí era donde ella le lloraba y platicaba, el punto donde sus almas se cruzaban… No seas cachondo, Rulfo, entre humanos cruzarse nomás es reconocerse, olerse los traseros, sí, pero sin llegar al intercambio de genes ni nada, para que me entiendas. Seguro Lola y Licha también se cruzaron en sueños. Ya ves que ahí nos visitan nuestros difuntos… Así es. Y si yo me petateo primero que tú, voy a venir a jalarte las patas. Pero si tú cuelgas las garras antes, ni vengas, porque te voy a meter unos escobazos por abandonarme. Nomás te digo para que te des por enterado…

Cuando Lola regresó de San Marcos a Guadalajara, el cuarto de la vecindad donde murió Licha seguía intacto. Igual de vacío. En ese entonces no había sobrepoblación y nadie más lo había rentado. Lola convenció a la dueña de que se lo alquilara, aunque fuera menor de edad. No quería regresar con Octaviana, ni ella la aceptaría de vuelta.

Una vez resuelto el problema de la vivienda, ahora lo complicado sería conseguir para la renta. Como ya había aprendido el oficio de telegrafista, fue inmediatamente al edificio de Telégrafos de México. Ahí donde ahora está la Biblioteca Iberoamericana, en la estación Plaza Universidad del tren ligero… La conoces por fuera, porque no te dejaron entrar. Cuando don Gaspar nos pidió el libro de *Palinuro de México*. Tú me acompañaste porque el autor era el director de la biblioteca y queríamos ofrecerle a don Gaspar el libro autografiado, porque así podíamos subirle el precio. No por mala onda, nada personal. De hecho, don Gaspar me cae bien, es el único que comprende tus recomendaciones: La novela más babeada es la buena, dice. Pero aunque nos caiga bien, negocios son negocios. Y un autógrafo eleva las ganancias. El caso es que no te dejaron entrar a la biblioteca y, no te platiqué entonces, pero ahora te confieso, total, desde que don Gaspar le halla al internet ya ni viene. Primero el director de la biblioteca, el Fernando del Paso, muy amable. Y hasta tuvimos suerte porque casi siempre se ausentaba, pero ese día sí se presentó al trabajo y cuando le dijeron que alguien venía por su autógrafo me recibió en su oficina. Lujosísima, sin mencionar los murales de Siqueiros que están por todas las paredes. Atrás de su escritorio tenía un par de cuadros de otra eminencia nacional. Me ofreció un café y todo. Pero yo, como te había dejado amarrado a un poste y hacía un solazo, le propuse que lo pospusiéramos para una mejor ocasión. Me sonrió. Con una mano tomó una pluma y puso la otra con la palma hacia arriba. Saqué el libro de la mochila y se lo di. Lo sopesó e hizo cara de extrañeza. Tuve la impresión de que don Fernando quería morderlo, como se hace con las monedas de oro, para comprobar si era de verdad.

Real sí que lo era. Aunque no original. Eran fotocopias empastadas, pero con la cubierta impresa a color y todo. No cualquiera reconoce un libro clonado y menos en aquella época en que eran la novedad. Yo sabía porque me lo acababa de dar un distribuidor como muestra gratis de su trabajo. Los clones pesan un poco más que los originales. Por el grueso del papel y los grumos de la tinta. No son de menor calidad. Tampoco de mayor. Las palabras son las mismas. Tipografía idéntica. Pero cuando se dio cuenta, el Fernandobas me regresó el libro sin firmarlo. Se levantó y salió de la oficina.

Un par de minutos después regresó con unas tijeras, un lápiz adhesivo y la fotocopia de una dedicatoria suya. Me los dio y dijo: Si no es mucha molestia, recorte la copia de mi autógrafo y trasplántela a su adefesio en la sala de lectura. Dejé las tijeras y el pegamento, pero me llevé el duplicado de su firma. Ya en la sala de lectura, con mi puño y letra repliqué el autógrafo en el libro clonado. Tú y don Gaspar menearon la colita como si la firma viniera de la mismísima mano del maestro... Es lo que yo digo. La misma gata, pero revolcada.

Más de cinco décadas antes, Lola llegó al edificio de Telégrafos de México con mucha ilusión. Ilusa que era. Entró y se formó en la fila. Había como diez personas. Y ya cuando le tocó su turno nomás oyó: Siguiente. Lola se acercó a la ventanilla: Buenos días, busco trabajo de telegrafista. Y el colega de la ventanilla sin voltear a verla le contestó: No, mija, primero tienes que decirme el remitente y el destinatario, hasta el final va el mensaje. Lola frunció el ceño y el colega continuó sin despegar la mirada de su libreta: Remitente es la persona que envía el telegrama ¿cómo se llama tu papá, niña? Lola quedó petrificada, sabía perfectamente lo que era el remitente y cómo funcionaba el telégrafo, mucho mejor que el colega que tenía frente a ella, se quedó inmóvil porque no se esperaba esa falta de respeto y solidaridad gremial.

Al no escuchar respuesta alguna, el hombre finalmente levantó la mirada. Cambió la expresión de su rostro, la observó de arriba abajo y dijo: Perdón, señora, creí que era una niña, en este caso el remitente sería su marido ¿cuál es su nombre? Ahí Lola abrió la boca sin emitir palabra alguna. El hombre continuó: Señora, por favor, dígame cómo se llama su esposo o quien sea que esté buscando trabajo; y apúrese porque hay más gente en la fila. Antes que golpes, Lola prefirió arrojar humo y salió del edificio a todo vapor.

En la calle se puso a patear piedras. Después de unos minutos levantó una del tamaño de la palma de su mano. Alcanzaba para descalabrar al más cabezón del mundo. La empuñó y volvió a entrar a Telégrafos. Al ver lo que traía entre manos, la gente de la fila le abrió el paso. La rodearon como si se tratara de una aparición sobrenatural: una bruja libre de pecado dispuesta a arrojar la primera palabra. Cuando el telegrafista la vio acercarse a la ventanilla, se cubrió la cabeza con ambos brazos implorando perdón antes de ser lapidado.

Lola, sin piedad alguna, golpeó con la piedra una y otra vez el escritorio. Del susto, el telegrafista tardó casi un minuto en descubrir que Lola no le estaba destruyendo ni la cabeza ni el escritorio, sino que estaba transmitiendo a pedradas en código morse. Ha de haber sido mármol lo que recogió en la calle, porque el mensaje le salió monumental, excelso. Escucha: *Punto punto línea punto / punto línea punto línea / línea línea punto línea / punto punto línea punto. / púnnea linto lin punnea. / Linto linto púnnea pun / linto lin pún pún punnea / púnnea pún lín lín tonea / lín lín lín pun lin punnea…* Así es, mi Rulfo. Lola improvisó una estrofa en clave morsevillana, octosílabos de arte menor, rima a-b-b-a, que quedó grabada para siempre en los anales de la literatura encriptada universal. El original en morse suena maravilloso. Aunque, como le pasa a todo gran poema, en la traducción se pierde mucho. Yo lo balbucearía en español más o menos como sigue: Ni tengo marido, ni lo necesito para ser telegrafista, yo mando mis propios mensajes y quiero trabajar aquí.

A pesar de haber comprendido que estaba transmitiendo, el telegrafista no retiró las manos de la cabeza, no fuera a ser que la recién llegada cerrara el poema con un punto final en su mollera. En ese momento retumbó un grito: ¡La Doctorcito! Era el panzón, el inspector de telégrafos… ¿No te acuerdas? Pinche Rulfo desmemoriado, para la otra mejor adopto un elefante y me salvo de sonar como disco rayado. D.R. eran sus iniciales, Dolores Ruvalcaba, el tío Felipe le puso la Doctorcito y el sobrenombre alcanzó fama en toda la región de Jalisco. El panzón le pidió al colega de la ventanilla que dejara de temblar y se pusiera a trabajar. Luego invitó a Lola a pasar a su oficina.

Una vez dentro, Lola supo que el panzón se

llamaba Víctor Heredia y que estaba para servirle. Víctor también le dijo que había sido una tontería llegar transmitiendo tan alto, porque su letra era inconfundible y cualquiera del mundillo del telégrafo en el Occidente de México podía identificar esos puntos y líneas tan voluptuosos. También le dijo que todos ya sabían que era prófuga de la justicia: Un asesinato no se olvida, aunque haya sido en un pueblo olvidado.

Lola empezó a sudar frío. En realidad, con las prisas de la huida y la noticia de la muerte de su tía Licha, no había tenido tiempo de ponerse a pensar en el disparo de su tío Felipe. Y en que ella sería acusada por cómplice. Matar a un soldado de los propios, ¿había mayor traición a la patria? Por no decir a la vida. Además, lo abandonaron en el piso del Palacio del Virrey, desangrándose.

Víctor vio a Lola sumida en el remordimiento de conciencia y, según él por ser su admirador, le confesó no estar dispuesto a dejar desamparada a una muchacha tan talentosa. Le ofreció un puesto. Ahí Lola, a quien la imagen del soldado revolcándose ya le empezaba a humedecer los ojos, finalmente rompió en llanto. ¿Tendría trabajo después de tanto tiempo de ser aprendiz? Se secó las lágrimas y preguntó: ¿Un puesto aquí, en la Oficina de Telégrafos? Y Víctor: Por supuesto, pero no puedo dártelo inmediatamente como telegrafista, reconocerían tu letra y te denunciarían, tienes que empezar de otra cosa, dejemos que primero se enfríe el muertito y después ya te ponemos a transmitir como mereces. ¿Y entonces de qué sería el puesto? De mi secretaria particular, así aprendes cómo funcionan las redes y la estructura, te va a encantar. A Lola no le ilusionaba eso de ser achichincle, pero tampoco le fascinaba pasar hambre. Aceptó el trabajo diciéndose que se trataba de algo temporal.

Por las novelas que leía, Lola creía que las secretarias particulares se la pasaban transcribiendo en limpio los dictados de sus jefes. Pulían sus discursos. Quitaban una coma aquí, ponían un paréntesis allá. Pero en realidad, lo único que Lola borraba eran las manchas de café en el escritorio. Y en vez de discursos, lo que pulía era el piso y de todo el edificio. Eso de aprender cómo funcionaban las redes, no fue más allá de enredarse con los cables que los telegrafistas dejaban regados en el suelo. Lola aguantaba en el puesto porque se repetía día y noche la mentira de que era algo pasajero y que duraría solamente hasta que se enfriara lo del soldado balaceado por su tío Felipe. Además, y esto sí era verdad: necesitaba el empleo para comer y pagar el cuarto de la vecindad.

Una ventaja que tenía ese puesto era que, para poder limpiar el edificio sin obstáculos, tenía que llegar antes que todos los demás trabajadores.

Lola lo aprovechaba. Entraba de madrugada a las oficinas y lo primero que hacía era ponerse a transmitir, en mudo, con los aparatos apagados. Usaba todo el instrumental, pero sin conectarse con otras oficinas de telégrafo. Seguía con miedo de que reconocieran su letra y la denunciaran. Así que transmitía para ella misma. Llevaba un diario efímero en clave morse.

¿Quién lo hubiera dicho? La Generala tenía un diario en regla, lleno de cursilerías. Acuérdate que todos tenemos nuestro corazoncito, Rulfo. Incluso ella, aunque te cueste creerlo. En ese entonces Lola tenía diecisiete años y, ¿cómo evitarlo? Se enamoró. ¿Y de quién va a siendo? Del viejo raboverde que se le había quedado viendo las piernas en San Marcos y ahora se había convertido en su héroe, por protegerla y darle un puesto en Telégrafos. Además, Lola decía que Víctor era muy galante, caballeroso, y a ella nunca la habían tratado con guante blanco. Eso la conquistó. Yo no lo entiendo. Me imagino a Víctor declamando: Sublime damisela, si así lo desea puede usted hacerle los honores a este humilde trapeador; aquí vengo a ofrecerle este detergente como prueba de mis pulcras intenciones; es un privilegio cederle el plumero, limpie usted primero…

Víctor la encandiló con tantas cortesías, como pasa la primera vez que te tiran los perros…Tranquilo, nadie va a aventarte a ti. La aventada fue Lola. Por las tardes, después del trabajo, se iba con Víctor al parque Revolución. A tomar. Que un tejuino, que una nieve de garrafa o su tortita ahogada. Y ya ves que por la panza entra el amor, pues a Lola se le antojó su compañero de mesa y se lo echó de postre. Claro que se embarazó, en esa época no había mucha educación sexual que digamos. Aunque seguimos siendo analfabetas de la planificación familiar. Por ejemplo, tú, ¿cuántos cachorritos tienes? Y estás aquí tan quitado de la pena, vas al tianguis oyendo las pendejadas que te cuento mientras tu descendencia anda como los políticos, hurgando en los basureros por un hueso. Pero eso no lo agarraste de mí, pedazo de mascotilla. Yo sí me esterilicé a tiempo, aunque siga siendo innecesario. A los tres meses Lola se dio cuenta de que estaba encinta. No lo supo antes porque era irregular y atribuía las náuseas al enamoramiento. Nunca me lo confirmó, pero yo creo que fue de esta experiencia de la que habló con Yuridia. No solo de la primera vez que tuvo relaciones sexuales, sino del primer vómito, de sentir que se te vienen un chingo de responsabilidades encima. Claro que también te ha de desbordar la alegría, me imagino. Y ya ves que cuando una noticia te supera necesitas gritarla a los cuatro vientos. Lola no se aguantó las ganas de soplar la nueva por telégrafo. Confiada en que ya había pasado casi un año del incidente en San Marcos. Fíjate cómo cambié de llamarlo asesinato a decirle incidente porque mi abuela estaba tangencialmente implicada. Confiada, pues, en que ya habían olvidado el asesinato, un lunes se decidió a presumir su próxima maternidad.

Era de madrugada y las oficinas de todo el Estado seguían cerradas. Así que como no encontró a nadie que se conectara del otro lado de la línea, transmitió a señal abierta, a ninguna oficina en específico, como quien dice al universo entero. Me puse muy cursi, pero así andaba Lola también. Se puso a decir quién sabe qué tantas bobadas del amor. Cuando me lo platicó nos reímos mucho. De nuestra ingenuidad, no sé. Es que se puso a hablar de las llamas que abrasan el corazón. Y le hubiera seguido con las jaladas esas del alma gemela si no la interrumpen. Alguien contestó su mensaje: Punto punto línea punto etcétera… Algo así como: ¿Dónde te me habías metido, Doctorcito?

Al ser reconocida, quizá lo más sensato hubiera sido cortar la transmisión. Pero hacía casi un año que Lola solo telegrafiaba consigo misma. Le hirvió la vocación. Continuó la comunicación y dos mensajes después supo con quién estaba hablando. El admirador que le había enviado una misiva romántica. Pobre, ¿verdad?, tuvo que oír cómo Lola se había subido a la cúspide de la felicidad con otro. Porque no se contuvo y le platicó la plenitud que sentía junto al héroe que la había protegido cuando más lo necesitaba. El admirador quiso saber quién era esa media naranja. Lola se dejó exprimir la información: Se llama Víctor Heredia. Y el admirador: ¿El inspector de Occidente? ¿Sabes que está casado? Entonces a Lola le empezaron a temblar las palabras, en vez de puntos ponía líneas. El despechado aprovechó el terremoto emocional y continuó: Yo mismo le pasé un mensaje de su esposa cuando estuvo aquí supervisando el nuevo cableado, le rogaba que volviera a casa porque su hija estaba agonizando, ¿Qué héroe no regresa a casa cuando tiene a una hija moribunda?

Lola todavía intentó defenderlo: Pero Víctor me protegió cuando la policía me buscaba por el soldado al que mató mi tío. Ahí el admirador aprovechó para quitarle la venda de los ojos: Cuál mató ni qué ocho cuartos, si apenas fue un rozón, y don Felipe ya lo sabe, le avisamos por telégrafo en cuanto lo localizamos trabajando en Houston, a ti también queríamos decirte, pero no sabíamos dónde te habías metido; nos traías bien preocupados a tus verdaderos amigos. Lola comprendió que nunca fue prófuga, de lo único que debía huir era de su héroe tan caballeroso. Pero no podía irse sin escuchar la versión de Víctor. Así de enamorada estaba, Rulfo.

Lola cortó la comunicación y se puso a trapear el piso con más fuerza que nunca, como si quisiera borrar las mentiras y descubrir debajo una verdad deslumbrante. Durante toda la mañana logró opacar su rabia tallando ventanas, no quería ensuciar el orden de la oficina. Pero cuando salieron, por la tarde, y Víctor le invitó una jericalla, Lola intentó mancharle la conciencia: ¿No prefieres invitársela a tu hija? Víctor le dio una cachetada. Lola quiso restaurar el diálogo: ¡No tuviste pantalones para decirme tú mismo que estás casado, tuve que enterarme por el telegrafista de un pueblo rascuache! Y Víctor: ¿Sabes que es un delito federal? No tienes las credenciales para utilizar esos transmisores, son propiedad de la nación, si lo vuelves a hacer voy a denunciarte. Y Lola: Mentir debería ser delito, ni el soldado murió ni la policía está buscándome. Y Víctor: Que no haya muerto da igual, se llama tentativa de homicidio, pero qué sabes tú aparte de trapear pisos.

Eso la hizo rabiar aún más que la cachetada. No quería darle el gusto a Víctor de que la viera explotar. Así que prefirió dirigirse a casa. Víctor la siguió: Perdóname Lolita, pero como hablaste de la hija que se me murió, no pude contenerme. Así se fue rogándole: Te juro que con mi esposa no llevé matrimonio desde que Laurita nació; al principio seguimos juntos por ella, pero ahora ni siquiera vivimos en la misma casa. Lola caminó más rápido, intentando dejar atrás a Víctor. Él insistía: Te buscan por ayudar a la fuga de tu tío, te ayudé porque te amo. Y Lola: No sabes decir más que mentiras, no me vas a volver a ver la cara en toda tu vida...

Cuando uno está enojado, además de espuma, por la boca salen puros lugares comunes, diálogos copiados del cine de oro mexicano. ¿Dime si no, Rulfo? Delante de un cielo nublado digno de Gabriel Figueroa, Víctor le contestó a Lola: Estás hablando con el padre de tu hijo, ten cuidado de cómo me respondes. Entonces ella levantó el mentón con el garbo de María Félix, trataba de ocultar su sorpresa, porque al único que le había contado lo del embarazo era a su admirador de Etzatlán. Luego se protegió el vientre con ambas manos, creyó escuchar una abertura melodramática de Silvestre Revueltas y se entonó: Este ya no es tu hijo. Víctor la agarró del brazo imitando la voz de cualquier Armendáriz: No estoy dispuesto a perder otro hijo, ahora vas a vivir en mi casa, hay que cuidar bien a mi próximo heredero. Diálogos como ese, acabaron con la industria cinematográfica del país, y con la paciencia de mi abuela.

A Lola se le saltó la mirada, parecía que iba a parir por los ojos. Fue Víctor quien pujó: Te me vas olvidando de madrugar, tienes que descansar, llevártela tranquila hasta que des a luz a mi retoño. El malnacido se aventó todo ese discurso oscurantista mientras seguía estrujando el brazo de Lola. Pero a ella se le prendió el foco: Nada más que entonces voy a tener que renunciar al trabajo, tú vas a tener que mantenerme. Víctor aflojó la mano y ella continuó: Y ni creas, hoy mismo hago las maletas y mañana tempranito pasas a recogerme. Víctor sonrió: Te voy a mandar un taxi a las ocho, no puedo ir personalmente, alguien tiene que trabajar para mantenerte a ti y a mi criatura.

Se separaron sin despedirse. En cuanto Lola llegó a la vecindad, empacó lo poco que tenía y se fue directo a la central camionera. El próximo autobús se dirigía a la Ciudad de México. Compró un boleto, mientras fuera lejos de Víctor, el destino daba igual... Sí, ya lo vi Rulfo, pero no sé estacionarme en un espacio tan chiquito. A la vuelta siempre hay lugar, no seas flojo... Uy, ¿por qué no me echaste aguas?... Tranquilo Rulfo, por ese lleguecito no nos meten a la perrera, ni se nota, como el balacito del soldado.... Tú ve marcando tu territorio en lo que yo bajo la merca del carro...
Después de una semana de estar todo el día escuchándola, Mamá Lola consideró que había pasado la prueba del escucha y finalmente me contó lo que me interesaba. Aquel domingo en que Yurigol fue a buscarme para ir al partido, mi abuela

sí la dejó entrar a la casa. Era muy educadita con quienes no pertenecían a la familia. Hasta le invitó un café con leche. Yurigol se lo aceptó, pero apenas le dio un sorbito y guacareó. Así como la tía Licha condecoró con vómito a Lázaro Cárdenas, Yurigol le hizo los honores a mi abuela. Yo hubiera creído que Mamá Lola la había envenenado, como una bruja cualquiera. Yurigol no se disculpó. No por falta de buenos modales, sino por la preocupación. Sin que Mamá Lola le preguntara, le dijo que ya llevaba cuatro semanas de retraso y le estaban doliendo los pechos. Mamá Lola se levantó, se limpió la blusa con una servilleta y luego llenó un vaso con vinagre blanco. Se lo extendió y dijo: Ve al baño y orina aquí. No tengo ganas. Pues date golpecitos en las rodillas. Y Yurigol: Pero eso es para hacer popó, ¿no? Y Mamá Lola: ¡Pues entonces piensa en una cascada! Mientras más pronto sepas mejor, y olvídate del café. Yurigol fue al baño y regresó con el vaso de vinagre mezclado con orines. En lo que esperaban la reacción del líquido amarillento, Mamá Lola le dio una jericalla para que trajera en el estómago algo más que la ansiedad y luego empezó a platicarle sobre su primer noviazgo, la pésima experiencia y cómo decidió irse de Guadalajara. Veinte minutos después, los meados en vinagre se hicieron verdosos. Mi abuela le soltó el sablazo: Es muy probable que estés embarazada. Yurigol rompió en llanto.

Mamá Lola le dijo que no se preocupara. No sé si le dijo que su familia la apoyaría o que existía la posibilidad de interrumpir el embarazo. No lo sé porque cuando Mamá Lola iba a platicármelo me dio mucho coraje. La interrumpí: ¡Tú le metiste la idea de que mudándose a Canadá resolvería todo! Acuérdate, Rulfo, de que yo era un adolescente. Hice mi escenita de tirar sus libros al suelo. Estaba encabronadísimo. A lo mejor porque tampoco me había dado el tiempo de digerir la partida de mis padres a Estados Unidos. Primero ellos y luego Yurigol, ¿Qué tenía yo, que todos me estaban abandonando? Como si yéndose al Norte no fueran a encontrarse con otras chingaderas…. Sí, Rulfo, en ese momento no sabía, pero después me enteré de que sus papás la llevaron a una clínica canadiense… ¿Pues tú a qué crees? Y no vayas a creer que yo soy de Pro-Vida, Rulfo, no me chingues, al contrario. Lo que me encabrona es la sensación de que pudo no haber sido una decisión propia de Yuridia, sino una orden impuesta.

Así emperrado como estaba, creyendo que Lola era culpable de que Yurigol se fuera de México, decidí pagarle con la misma moneda. Según yo, abandonar a Mamá Lola era vengarme. Seguro ella se pondría contenta porque me largara, pero en mi mente yo era el orgulloso que la dejaba desamparada. Renunciar a la gente que te cuida es difícil cuando no tienes ni en qué caerte muerto. Apenas di el portazo me di cuenta del problema en que me había metido por necedad propia.

Rulfo, cuídame estas cajas mientras monto el puesto. Mucho ojo porque estos libros todavía se venden. En especial los de tu tocayo. Si alguien intenta robárselos, nada de ladridos, lánzate directo a los huesos. Ya estuvo bueno de que nos vean la cara de beneficencia pública. No se te olvide que somos de la iniciativa privada…privada de ganancias, pero bueno. Mejor soñar que somos libres y trazamos nuestras propias órbitas. Perdóname, le ando dando vueltas al mismo cadáver. Sigo guardando un luto cósmico.

7. LA CÉLULA QUE EXPLOTA

Pues ahora sí, mi Rulfo, ya que instalamos el puesto, nos toca acomodar la merca. En la primera hilera ponemos lo que vale menos. Otra cosa sería si tuviéramos un local con aparadores de vidrio antirrobos y toda la cosa. Pero aquí en el tianguis la única alarma eres tú. Y cuando un ratero te acaricia te descompones: en vez de morder, meneas la cola. Por eso en la fila más cercana a los clientes van los clásicos de la literatura universal. Ni quien se los quiera piñar. Y si llegara algún ladrón insatisfecho por la narrativa contemporánea, por mí encantado, si lo van a leer, que se claven el Lazarillo… A ti no, Rulfo. Ay sí, ay sí. Vas a salir con que eres mi guía en la oscuridad. Además, los clásicos se editan a cada rato y como hay tantos en el mercado, al final se terminan malbaratando.

En esta otra hilera van los de superación personal. De ahí sacamos para tu jamoncito y mis croquetas. De brócoli, tampoco es que alcance para hacérmelas de pollo. Pero aseguramos nuestra subsistencia. Ya si tenemos que ir al veterinario y comprar medicinas, entonces hay que vender algo de esta tercera hilera. Aquí ponemos los que ganaron un reconocimiento literario en los últimos cinco años. Da igual si es el premio Nobel o los Juegos Florales de Hostotipaquillo. Hasta el pinche Herralde se vende. En esta fila lo que está de moda se acomoda; y no incomoda cobrar de sobra. Pero hay que apurarse porque tienen fecha de caducidad. En cuanto pasa un lustro, dejan de ser ilustres. Se marchitan las flores que les echan en las solapas, esos piropos del tipo: Una novela imprescindible para entender la nueva literatura colombiana. O: El próximo clásico de la prosa hispanoamericana. El clásico olvido es al que caen después de cinco años, cuando todos prescinden de ella. Y como ahora las imprimen en papel libre de ácido, ya no sirven ni para prender el boiler. Puras frivolidades publican. A finales de los noventa un japonés se hizo famoso porque escribió una novela en la que un gato le contaba su vida a una mujer. ¡Un pinche gato, Rulfo! Habiendo tanto animal mejor domesticado de dónde escoger. Aunque más que su vida, lo que platicaba eran sus muertes. Ya ves que tienen siete. Y cada una había ocurrido en un siglo distinto. La más dramática fue cuando le tocó la bomba atómica. Según esto, el pinche gato había estado en Hiroshima y le gustaba describir de forma hiperrealista cómo sufrió la fauna por la explosión. O sea, hasta entonces todas las novelas de Hiroshima y Nagasaki se habían concentrado en los estragos que provocó en los humanos; pero al felino no le importaba la gente, solo contaba cómo se derritieron las ratas, se deformaron las aves, se desangraron los caballos, pura asquerosidad con lujo de detalles. Al final de la novela la mujer decide envenenar a su mascota para que no siga divulgando los crímenes de la especie humana. Como era previsible, al gato aún le quedaba su séptima vida. Resucita en un futuro donde el homo sapiens se ha extinguido y por lo tanto no puede seguir haciéndose daño a sí mismo ni a nadie más. Me cagan los finales felices. Para poder vender esa cursilería tuve que entrarle a la ola ecologista que acababa de inundar el tianguis cultural. Les decía a mis clientes que Japón era el país donde más se veneraba a la naturaleza. Que era una tradición milenaria leerles haikús a las plantas. Hasta convencí a un arquitecto de comprarme esa méndiga novela porque le aseguré que en Tokio ya se estaba construyendo un teatro exclusivo para animales, no nomás de público, los actores serían jirafas, tarántulas y salmones. Siempre tan visionarios esos pinches japoneses, dijo al pagarme.

Entonces no había esa chingadera del internet, ¿cómo comprobar si les daba gato por liebre? Hice un negociazo, revendí casi cien veces ese cuento de hadas. Te lo paso como personaje secundario, pero ¿a quién se le ocurre la mamada de que el protagonista principal fuera un pinche gato? Pero bueno, a los cinco años: ¡Arigato! Gracias por participar. Ni quien se acordara de tanto premio con que la publicitaron. Yo también me harté de promover ese libro tan falto de originalidad. Habiendo perros tan bonitos como tú, ¿y escoger como interlocutor a un arrogante felino? A lo mejor es envidia por eso de las siete vidas. Me daba con dos para mi gente…A huevo, Rulfo, tú eres bien gente. Si por mi fuera, serías eterno. Como los libros de la cuarta hilera.

Aquí van los que me paso releyendo y relamiendo. No están a la venta, los pongo para que me recuerden porqué escogí esta chamba. Es casi imposible engañarse, creer que haces algún aporte a la sociedad cuando vendes libros efímeros de Alfaguara. Pero ver esta cuarta hilera me protege de hacerme el harakiri. Imagino que gracias a mi trabajo alguien, aunque sea un lector de las sagas de Editorial Diamante, finalmente encontrará la cascada literaria indispensable para bañarse y limpiarse bien las orejas… No tiene caso que te repita los títulos, los llevas salpicados en tu nombre.

En la quinta hilera van los recetarios de cocina, de preferencia que sean vegetarianos o para perder peso. Y en la sexta y última, los libros de texto escolares. Aunque oficialmente el gobierno los reparte gratis, hay un chingo de niños que nunca los reciben o se los dan de comer a tus semejantes cuando no quieren hacer la tarea. Ve tú a saber la razón, pero siempre hay gente buscándolos. Yo no lucro con la educación infantil. Esos los intercambio gratis por cualquier otro libro que traigan. Como lo más probable es que no tengan libros en casa, entonces primero me veo obligado a venderles alguno, para poder ofrecerles el trueque sin costo. Lo ideal sería que primero lo leyeran, pero luego luego me exigen cambiárselos. A mí me gusta venderles libros con billetes escondidos entre las páginas, como separadores. Así, cuando me los cambian, los abro frente a ellos y me hago el sorprendido al encontrar hasta quinientos pesos. Se quedan con la boca abierta. Lo hago con la intención de que la próxima ocasión que tengan un libro entre las manos, por lo menos lo hojeen, aunque sea por curiosidad numismática, si les falta la literaria. Pero tampoco me hago ilusiones.

Y ya con estas seis hileras bastan. Dirijo un

puesto de tianguis autosustentable, no una librería subvencionada, nada económica y sin fondo. No creo que la cultura se forje a base de catálogos infinitos de autores con gigantismo. Aunque también tengo mi caja secreta. Aquí abajo escondo algunos títulos. Los de coleccionista. No los pongo a la vista porque luego nomás me los desgastan con la mirada. Mallugan y no compran. Me reservo dos que tres joyitas para mis lectores frecuentes. Por ejemplo, chécate este autografiado por Carlos Fuentes… ¿Qué pasó, Rulfo? Esta firma sí es original. No me lo vayas a babear, eh. La conseguí en una Feria del Libro. El Carlangas se sacó de onda cuando le pedí que me lo dedicara: Con mucho cariño para El Manco de Lepanto. Me preguntó si podía comunicarme con los muertos o cómo pensaba entregárselo a Cervantes. Y yo: No seas pendejo, Charli. No te creas, cómo le voy a decir eso en su cara. Le dije: Maestro, así se llama mi perro. Y como que eso lo ofendió. Me firmó el libro y todo pero también me mentó la madre con la mirada. Ha de haber creído que lo estaba insultando entre líneas. Nada de eso. El Manco de Lepanto, así le puse a un perro que reciclé de la calle y que le faltaba una pata. Yo creo que lo habían atropellado. Al Manco le encantaba que le hiciera lecturas dramatizadas de *El tuerto es Rey*. Levantaba su cola y su autoestima. Le sirvió como biblioterapia para rehabilitarse. Mírate nomás, si escribiera como hablo, mis libros curarían el insomnio. Deja conecto la grabadora para que te despiertes.

Hay veces que no tengo ganas de verte / hay veces que no quiero ni tocarte. Así es, mi Rulfo, me quedé en que ya no quería vivir con Mamá Lola y me fui de la casa dando un portazo. Según yo muy dramático. Lo que se me ocurrió fue, porque yo nunca he sido bueno en geografía, ni estaba el internet con sus mapas, se me ocurrió que lo mejor que podía hacer era yo también irme al otro lado. No suicidarme, sino a Estados Unidos, con mis papás. Hacer ahí una escala y después pasarme a Canadá para encontrar a Yuridia. Porque en mi cabeza Canadá y Houston, donde vivían mis jefes, estaban pegaditos, hasta gateando llegaba. Por si fuera poco, ni siquiera sabía a qué ciudad canadiense debía ir. Pero dije, ahí me voy preguntando, ni modo que no dé. Sabe qué estaba pensando, era un adolescente, pues.

El problema era conseguir dinero para el pasaje. Me acordé de la mano pachona, pero en lugar de esperar hasta el próximo mes para robarme el sobrecito de billetes que mi tío Hércules le dejaba a Mamá Lola, pensé: Mejor voy directo a la fuente. Sabía muy bien dónde vivía. Lo había visitado muchas veces. Además, acababa de ir a espiarlo con mi abuela. En Analco, el número 21 de la calle Gante. Ahí después pusieron unas canchas de fútbol rápido. No solo donde era su casa, en toda la manzana. Yo creo que no hubo quien reclamara los terrenos. En ese entonces mi tío vivía en una casa de un piso. Ideal para una sola persona, pero como vivía con un perro, apenas cabían y se pisaban a cada rato las colas.

La primera vez que fui a su casa tenía como ocho años. Fuimos mi papá y yo a avisarle que Mamá Lola estaba hospitalizada. Una Avalancha se la había llevado de corbata. No un alud de nieve, Avalancha era la marca de unos trineos con llantitas. Te sentabas en ellos y rodabas a toda velocidad por la banqueta. A un mocoso se le rompió la palanca y utilizó como freno de emergencia a mi abuela. Fue a mediados de la década de los ochenta, Mamá Lola tendría como setenta años y le dieron casi la misma cantidad de puntadas. La Ruvalcaba quedó revolcada. Mi papá le dijo a mi tío Hércules que una ambulancia se la había llevado a Urgencias de la Cruz Roja. Yo esperaba que mi tío se pusiera a llorar o de perdis se encabronara y fuera a buscar al niño para arreglarle los frenos de los dientes. Pero no. Descolgó una guitarra de la pared y se le acercó el perro, como si estuviera bien amaestradito…

Ya sé que es de mala educación no llamar a las mascotas por su nombre. Pero no es por ojete, nunca supe cuál era. Digamos que el perro de mi tío se llamaba Caifán. No sabemos el verdadero nombre, pero tampoco podemos asegurar que sea falso. Y como mi tío me regaló el casete que estamos oyendo, pues es evidente que conocía a la banda, podría haberle puesto así a su mejor amigo. ¿De acuerdo?... Pues descolgó la guitarra y se le arrejuntó el Caifán. Él aullaba y mi tío le daba a la cuerda hasta empatarle el tono. Te lo juro, Rulfo, así afinaron la lira. Y luego salieron corriendo.

Mi papá y yo tuvimos que cerrar la puerta, sin llave, así nomás. Luego fuimos a la casa de Mamá Lola para buscarle un cambio de ropa, porque la que traía había quedado manchada de sangre. Y ya que llegamos a la Cruz Roja, había un muchacho acuchillado convaleciente en la cama de al lado de mi abuela que nos exigió: Tráiganle un té de pasiflora, vino un mariachi bien perro, pero esta doña le gritó a las enfermeras que lo sacaran. Mi tío Hércules le había llevado serenata. En ese entonces mi tío y Mamá Lola ya no se hablaban. Pero me estoy adelantando mucho. O más bien, me fui muy para atrás.

El caso es que en 1992 yo sabía dónde vivía mi tío Hércules. Y fui a pedirle ayuda para irme al gabacho. Antes de llegar a su casa me llegó un tufo a tíner y me tuve que tapar la nariz. Como mi tío era carpintero, supuse que estaría pintando algún mueble. Cuando toqué a la puerta, escuché un aullido carrasposo pero afinado que me hizo recordar a José José. Era el Caifán que debía acumular quince años de parrandas encima. Escuché los pasos de mi tío y me quité la mano de la nariz, no fuera a sentirse insultado, como si su hogar me diera asco. Me reconoció y se asustó. Me preguntó qué había pasado. Y yo: Es que Mamá Lola…pero ni me dejó terminar la frase cuando ya había descolgado la guitarra. El Caifán aulló en re bemol. Y yo, antes de que siguiera con las demás cuerdas: Mamá Lola está bien, padrino; o bueno, como siempre; yo soy el que ya no aguanta vivir con ella. Mi tío se rio como si le estuviera contando una obviedad que él había comprobado hace mucho. Volvió a colgar la guitarra en la pared. Se me pusieron vidriosos los ojos. No por que fuera a llorar, Rulfo, ¿cómo crees? Era el tíner que apestaba en re sostenido.

Para no dejarme caer en llanto, mi tío trató de justificarla: Mi mamá tiene un carácter muy especial, Chavita, pero no te lo tomes personal, en el fondo nos quiere mucho. Para evitar que siguiera lavándome el coco, le dije: Padrino, vengo a pedirle dinero para irme a Houston con mis papás. Entonces me preguntó: ¿Ya saben que quieres alcanzarlos? Negué con la cabeza y agregué: Tampoco quiero que sepan porque luego van a andar de metiches preguntando qué pasó. ¿Y qué pasó? No contaba con que lo meche es algo de familia. Ni modo de decirle la cursilería: Mamá Lola saboteó mi primer amor, hizo que me arrebataran a Yurigol y se la llevaran a Canadá, tengo que ir a decirle que no está sola y recuperarla. Si hubiera sido así de cursi, probablemente mi tío me habría ayudado, con una buena carcajada, o siquiera un mal consejo. Pero en lugar de abrir mi corazón de cachorrito, dije: Con doscientos mil pesos tengo para cruzar la frontera. Y él: ¿Crees que los coyotes son hermanitas de la caridad o qué? Con eso, cuantipenas llegas a Juárez. No había pensado en los costos migratorios colaterales, Rulfo.

Bueno, en realidad no había pensado en nada. Entonces un millón, Padrino, se los envío de regreso cuando llegue a Houston. No, Chavita, ¿cómo te vas a ir solo? Espérate a que venga tu papá por ti y se lanzan juntos. Pero quedó de venir hasta agosto y a mí me ya me anda por alcanzarlos. Y él: Mira, si lo que no aguantas es a Mamá Lola, vamos preguntándole a tus papás si puedes quedarte conmigo en las vacaciones. Al oír eso, el Caifán se puso a ladrar como desesperado. No creo que yo le cayera mal, más bien él ya presentía algo y no quería que me fuera a vivir ahí. Ya ves que ustedes se las huelen antes de que pase algo, temblores, huracanes y esas chingaderas.

Los ladridos del Caifán eran cada vez más fuertes. Me llevé las manos a la cabeza. ¡Cállate, cabrón!: le gritó mi tío y a mí me dijo suavecito: No te apures, ya no muerde. Yo le expliqué: No es por él, el olor a tíner me marea. Y él: ¿Cuál tíner? ¿Ya no lo percibe, padrino? Hércules se puso a olfatear el aire. ¿Tíner? Yo nomás huelo gasolina. ¡Pues eso! Le dije. Ah, sí, ya habló la vecina, por ahí andan los bomberos arreglándolo. Como ellos no iban a apagar mi fuego interno, seguí intentando convencer a mi tío de que me prestara dinero. Pero él lo único que me ofrecía era su sala-comedor-cocina-ducha-perrera como habitación. Es que su casa era todo en uno, bien multiusos. Hasta que yo, harto de que no se cayera con la lana, me levanté y le dije: Usted gana, pues, deje voy por mis cosas. Y él: Pero tienes que hablar con tus papás primero, pídeles permiso, no quiero meterme en broncas también con ellos. Y yo: Sí, padrino, les hablo por teléfono en cuanto llegue a casa de Mamá Lola.

Lo que quería era largarme de ahí. Al despedirnos se me salió darle un beso en el cachete. Supongo que ya andaba bien dopado por la gasolina porque normalmente nomás la chocábamos. El Caifán empezó a gruñirme. Y mi tío: Ha de creer que también le quieres dar un beso. Me salí sin siquiera acariciarle la cabeza, pero el Caifán se fue detrás de mí: Va a acompañarte un tramo, no te apures, se sabe el camino de regreso. ¡Cuál acompañarme, me estaba corriendo a ladridos del barrio! Pasamos por donde los bomberos revisaban la tapa de una alcantarilla. Me paré para hacerla de mirón. Cuando la destaparon salieron huyendo un chorro de ratas y cucarachas. El Caifán se puso a ladrar todo histérico. El bombero me advirtió: Si no te llevas al chucho, le callo el hocico a manguerazos. Preferí irme, no porque me dieran miedo las ratas ni pánico las cucarachas, sino para que no bañaran al Caifán. Y él me siguió un par de cuadras más hasta que se quedó bien clavo en una acera, asegurándose de que me cruzara la Calzada Independencia. Aunque no había luna llena, lanzó un aullido terrorífico, como si estuviera despidiéndose de esta vida o, peor aún, convirtiéndose en humano.

En el camino a casa de Mamá Lola pasé por el Monte de Piedad. El que está ahí en la misma Calzada. Entonces se me ocurrió empeñar mi *walkman* para sacar lo del pasaje. Había una fila efímera, de apenas tres personas. Me emocioné cuando vi que a un gorilón le daban un puño de billetes por una cadenita. Cuando me tocó llegar a la ventanilla pregunté ¿Cuánto por estos? Son Sony y traen un casete artesanal de los Caifanes… Sí, Rulfo, pues estaba enojado con mi tío Hércules porque no me había prestado la lana, no me interesaba conservar la piratería que me había regalado. La señorita revisó mi *walkman*, le sacó el casete y me lo regresó: Este no se puede, pero por el dispositivo te ofrecemos veinte mil pesos, con treinta días para liquidarlo, con cinco mil pesos puedes renovar el recibo mensualmente.

No, Rulfo, con eso no me alcanzaba ni para llegar a Cuquío. Defendí mis derechos de consumidor en apuros: Oiga, pero al don Potes que pasó antes de mí le dieron como trescientos mil por un alambrito oxidado. Y ella: Cuál oxidado, si era oro; además, los electrónicos no pueden fundirse, las cadenitas nos las compran los joyeros para diseñar otras piezas. Ahí me acordé de la habitación de Mamá Lola donde yo dormía: ¿Oiga y se pueden empeñar libros? Nomás si tienen las pastas con chapa de oro, tampoco somos beneficencia pública. Me sacó de onda, porque según yo el Monte de Piedad sí era beneficencia pública. Si no vas a querer los veinte mil, deja pasar al siguiente, por favor. Como no contesté, ella se remedó a sí misma: Siguiente, por favor.

Salí del Monte de Piedad sin un quinto. Pero con un requinto, el comienzo de *La célula que explota*: trín trin trin tín / tri tín tin trin tin trín / tín trin tin tin trin tin / tin tin trín… Llegué a casa de Mamá Lola como dice la canción: Con ganas de olvidarme de esa imagen suya. Y se me cumplió el deseo, había salido. Primero imaginé que había ido a buscarme para implorarme perdón, de rodillas y todo. Luego temí que hubiera ido con el judas hijo de la vecina para pedirle que me obligara a reparar la cerradura. Porque el portazo que di la descompuso. Me tapé la nariz presintiendo el tehuacanazo prometido.

Al final llegué a la conclusión más verosímil: Mamá Lola seguro había ido al mercado por su jericalla, para disfrutar una tarde libre de su nieto favorito. Y el único. Mi tío no tuvo hijos. Aprovechando la ausencia de la Generala, me puse a hacer el equipaje. Eché un par de calzones a la mochila, tres playeras y unos pantalones de mezclilla. Luego sentí la necesidad de empacar los boletos del América-Chivas. Quería enseñárselos a Yurigol cuando la encontrara. No iba a decirle: Mira, son falsos, me hicieron pendejo. Sino: Mira, aquí están, sí tengo palabra. Así que me puse a buscar dónde podría haberlos guardado mi abuela.

Esculqué su buró. Entre las revistas de crucigramas descubrí un alhajero. Pensé, ¿para qué los pinches boletos?, si encuentro alguna cadenita de oro me lanzo a empeñarla. Pero de alhajero nomás el nombre. Guardaba papeles viejos, telegramas que empezaban a borrarse. No me puse a leerlos porque una jericalla se come rápido y la Generala podía regresar en cualquier momento. Recordé que mi mamá escondía sus joyas en las bolsas de la ropa. Decía que los rateros nunca buscaban ahí. Pero yo sí me puse a revisar el closet. Y ándale que no encontré ningún anillo, pero sí una pistolita. No uso el diminutivo por cariño, era un arma en miniatura. Cabía en la palma de mi mano. Como nunca había tocado una pistola, me puse a examinarla. Qué pendejo, porque se me pudo haber salido un tiro. Parecía un llaverito indefenso. Después supe que sí disparaba y todo. Estaba cargada con dos balas de plata. Ahora resultaba que mi abuela también era cazavampiros. ¿O la tendría para cometer un nieticidio? Entonces mi nuevo hurto sería en defensa propia. No tenía garantías de que la pistolita fuera de oro, pero pensé: Si les salgo con esta en el Monte de Piedad, seguro se caen con más feria.

Afortunadamente no tuve que apuntar a nadie. Robar a Mamá Lola está mal, pero es mi abuela, ¿quién le manda tener un nieto como yo? Otra cosa muy distinta era asaltar a la abuela de alguien más, ¡qué barbaridad! Por ejemplo, tú me puedes atacar a mí, arráncame los huevos si quieres, pero no se te ocurra morder a otra persona porque entonces sí, yo mismo te sacrifico, cabrón, nomás para que sepas… No seas tan sentidito, era broma. Ven para acá, ya sabes que antes de cortarte siquiera una oreja, primero me pongo a dormir a mí mismo.

En realidad, lo de Mamá Lola, más que robo era cobrar mi herencia por adelantado, antes de que le futura difunta se la gastara toda. Los tranzas son los del Monte de Piedad, nomás me dieron cien mil pesos por la pistolita. Yo creo que era ilegal empeñar armas porque en el recibo pusieron: Dispositivo ornamental dorado. La casa de empeño estaba cerca de la central camionera, la vieja, en la calle 5 de febrero. Fui con pocas esperanzas porque mi tío Hércules me previno que doscientos mil pesos apenas alcanzarían para llegar a la frontera. A lo mejor creyó que me quería ir en camión de lujo, de los que traen baño e incluyen galleta y cafecito para que tengas que estrenarlo. Pero escogí una línea pollera que iba hasta Ciudad Juárez y con las cien mil bolas hasta me sobró cambio.

Nunca he negado que soy pésimo en Geografía. Pensaba que Ciudad Juárez estaba pegadita a Houston. Eso no importa. El problema era que el camión salía hasta la madrugada del día siguiente. Y yo no podía regresarme a casa de Mamá Lola para dormir con almohada y cobijita. A esa hora la Generala ya habría descubierto que validé su testamento por adelantado. Tampoco iba a llegarle a mi tío Hércules, no dejaría que me largara de Guadalajara. No me quedó de otra más que acostarme en la sala de espera y usar mi mochila de almohada. Soñaba con unas torrejas bañadas en miel maple original de Canadá cuando me despertaron unos pasos como de militar. A lo lejos distinguí la chamarra de piel de Toñito, el judas hijo de la vecina.

Temí que la Generala le hubiera ordenado encontrarme. Me fui a esconder al baño. Me dormí sentado en el escusado y soñé que salían ratas del inodoro y me mordían las nalgas... ¿Qué traes, Rulfo? Si nomás fue una pesadilla, no hagas tanto escándalo... Ah, es por la dálmata esa que te pone tan nervioso, ¿verdad? Se ve que no conoce las pulgas. Mírale el collar, hasta encandila. Soñar no cuesta nada, Rulfo, confiesa: si esa perra aceptara hacer el amor o, por como gruñes, deshacer el odio, si ella accediera ¿qué posición le propondrías? De humanito ¿verdad? Frente a frente. Qué pervertido me saliste. Si quieres nos acercamos para que se huelan. Uno nunca sabe, la esperanza muerde al último ¿Qué? ¿Se te pegaron las patas al suelo? Pinche sacatón. Mejor te sigo platicando.

Me quedé en lo del camión a Ciudad Juárez. Pero deja me rebobino hasta el viaje de Lola, cuando se fue de Guadalajara al Distrito Federal, embarazada y huyendo de Víctor, el inspector de telégrafos que la había convencido de que era prófuga de la justicia. Lola tenía como dieciocho años y era a finales de la década de los treinta del siglo pasado. En cuanto llegó se puso a buscar una habitación en renta. Y como preguntando se llega a Roma, pues terminó en esa colonia. Ahí pagó por una cama en el dormitorio de una vecindad. Como es el barrio romano, yo me lo imaginaba con una hilera de camas donde los gladiadores esperaban su turno para salir al Coliseo.

Al siguiente día Lola brincó a la arena para pelear por un empleo. Armada con una piedra muy filosa se dirigió hacia las oficinas de Telégrafos de México. Al entrar se armó de más valor, pues comprobó que uno de los cinco telegrafistas era mujer. No estaría sola en la batalla. Cuando vio la oportunidad de atacar, golpeteó el mueble del aparador con una gracia inaudita. Brotaron puntos y líneas exquisitos. Fue un mensaje melodioso que haría caer rendido a cualquier amante del telégrafo. Pero la telegrafista, no en clave morse, sino con cara de morsa, contraatacó sin sucumbir a sus encantos: Por favor, señorita, absténgase de estropear el mobiliario o me veré obligada a denunciarla por daños a la propiedad de la nación. Telégrafos ya era monopolio federal, Rulfo. Y Lola, con su otra voz, la que desfallecía en sus cuerdas vocales, murmuró desafinada: ¿No necesitan una telegrafista más? Sin dignarse a verla, la colega negó con la cabeza. Lola todavía intentó una maniobra y suplicó: ¿O alguien que haga la limpieza? La colega, como si fuera la Emperatriz del Imperio de las Telecomunicaciones y Transportes, levantó el puño girando el pulgar hacia abajo. Luego dirigió el índice hacia el muchacho que lavaba la ventana. Lola sintió que su presencia ensuciaba la oficina. Abandonó el ruedo tratando de no manchar el piso recién trapeado. ¡Salve, telégrafo Augusto, las que van a morir de desempleo, te saludan!

Lola se fue a caminar por la capital de México buscando chamba. Encontró muchos lugares donde solicitaban trabajadoras, ayudantes de cocina, meseras, recamareras y cuánta cosa. Pero como ya se le notaba su domingo siete, le decían que el puesto estaba ocupado. Seguro imaginaban que iba a dar a luz al anticristo o no sé por qué tanto rechazo. El caso es que anduvo varios días errando por la ciudad sin atinarle al gordo. Ni al desnutrido. Hubiera aceptado lo que fuera. Y como cada vez debía buscar empleo más lejos de la vecindad donde estaba malviviendo, un día se perdió. Y en esas calles completamente desconocidas, ha de haber pensado que tenía tantos problemas como la capital del país. Sintió pena por ella y el bebé que traía en el vientre. Se le rompió la fuente de los ojos y gestó lágrimas de angustia.

Después de dar a luz todo el llanto que pudo, cortó el cordón de la tristeza y se dio una nalgadita. Se dispuso a deambular por la ciudad con ojos de recién nacida, evitando que los cúmulos del desempleo nublaran su mirada. Examinó con asombro lo que la rodeaba, disfrutando lo que México le ponía enfrente. Luego de un par de horas le ofreció una librería. No había ningún letrero en la entrada, así de: Se solicita acomodadora de enciclopedias y de repisas con ganas de leer, género literario indistinto. No. Pero sintió que ese negocio la llamaba. Acuérdate, Rulfo, que su mamá Concha leía mucho. Así que para Lola esa librería tenía los rasgos del vientre materno, las novelas son la placenta más placentera. Lola se implantó inmediatamente y pataleó entre líquidos semióticos y signos amnióticos, dispuesta a renacer en El Nuevo Mundo. Muy colonialista el nombre de la librería, ¿verdad? Hoy le hubieran puesto, en un derroche de creatividad: La Novelerería, La Ficcionería o hasta La Poemería; ya ves que está de modería ese tipo de nombradurías.

Una vez dentro del Nuevo Mundo, Lola mamó de la teta literaria, de la alfa y la omega también, porque los títulos estaban ordenados alfabéticamente. Los hojeó con libertinaje, abandonó un prólogo precoz a medio párrafo y se arrojó al epílogo de otro más apasionante. Pudo hacerlo porque en esa época no se torturaba a los libros con una camisa de fuerza. En los años treinta no los envolvían en plástico. El ecocidio comenzó hasta finales de siglo, cuando se publicaban historias de autores que consideraban entretenida la vida sin chiste de su abuela. Si alguien empezaba a leer esas pseudo-novelas, se dormía y no las compraba. Así que debían ocultar lo superfluo de la trama debajo de otra capa de celofán. Aunque hay que aceptar que antes los lectores sentían más empatía por el destino de los personajes, no como ahora, que solo un meme los conmueve.

Fíjate, he oído que en la Facultad de Letras Hispánicas hay profesores que piden a los estudiantes que reduzcan la Ilíada a un meme. No mames, Rulfo, qué bueno que me salí de la Universidad. A ver, ¿Por qué no les piden mejor escribir una novela a partir de un meme? Ahí está la foto esa de tu compadre, el pastor alemán con lentes, que está con una pata sobre una libreta y dice: "Pésima ortografía, mala redacción… No me puedo comer esta tarea." Por decir nomás un ejemplo estúpido. Ni modo que a partir de ahí no puedan novelar *El retrete del artista adolescente* o *El maestrillo sarniento*, qué se yo. Y si a los maestros les da tanta hueva calificar narraciones largas, de perdis un microensayo de dos cuartillas, con sus tres referencias cultas obligatorias si quieren. El meme de tu compadre da para tirar verbo a gusto sobre el hábito de la no lectura… Perdóname, Rulfo, es la frustración. Si me desvío de nuevo, jálame del hilito conductor

El Nuevo Mundo tenía sillones viejos, pero títulos nuevos. Así que Lola escogió una novela policiaca recién salidita de las prensas y se sentó en un sillón decidida a leerla de principio a fin. Desde el primer capítulo creyó haber descubierto al asesino. Pero por más emocionada que estaba, un tintineo le impedía concentrarse. Le molestó que en la caja de una librería hubiera una campanilla, como si se tratara de un hotel. ¿Por qué tardaría tanto en venir el botones o quien fuera al que estuvieran llamando? Harta, Lola se levantó del sillón y se dirigió a la caja para preguntar qué era ese escándalo que le impedía disfrutar el libro. Apenas dio un par de pasos y el escándalo se convirtió en caricias para sus oídos. En las campanadas reconoció el entrañable rititín de la clave morse. No le costó descifrar la melodía: *Tierra soñada por mí / mi cantar se vuelve gitano cuando es para ti...* Era la letra de una canción de Agustín Lara que estaba en boga. De la emoción Lola le entró al dueto tintinela: *Mi cantaaaar / flor de melancolíííííla...* Le agregó vocales de más para acentuar el sentimiento. El cajero casi llora al reconocer a alguien que hablara su misma clave morse. Se abrazaron efusivamente y luego él le ofreció a Lola un emparedado. Se sentaron en los sillones y se pusieron a almorzar y morsear, él con la campanilla, Lola golpeando con el dedo en la pasta de un libro.

Resulta que aquel hombre no era solo el cajero, sino el dueño de la librería, y también era español. Eso de su nacionalidad no lo dijo explícitamente, Lola lo dedujo por su ortografía. Transmitió México con jota, por ejemplo. Y usaba expresiones típicas del español peninsular. No solo emparedado, también dijo: Voy a por mis gafas, vosotras las mejicanas sois, y muchos europeísmos semejantes. Pronto la conversación recayó en la novela que Lola traía en sus manos: *El asesinato de Roger Acroyd*. Era la última novedad de Agatha Christie, o sea la traducción al castellano, el original en inglés había salido por ahí de 1926 o 27. Pero era la primera vez que Lola leía algo de ella, de ahí pa'l real. Y Cristobalín… no sé si se llamaba así, pero, si él le puso a la librería El Nuevo Mundo, a lo mejor este intento por colonizar su nombre, conquistaría su espíritu… Para no independizarnos de los clichés esparcidos por el patrioterismo, digamos que también hablaba como el gachupín de los pésimos chistoretes neogallegos. Cristobalín se puso a despotricar pestes de la falta de creatividad de esa tal Agatha Christie. Así de: Joder, que estáis ante la novela negra más opaca que se hubiese escrito en la última década de diez años, macha, que os lo transmito yo mismo con esta mano que me habrán de dejar manca los gusanos; según la autora, lo excepcional radica en que el final postrero concluye en que el asesino que asesina al asesinado resulta ser el narrador mismo personalmente en su mismísima persona, coño, qué idea tan menos perfectamente ideada ¿no opináis ídem?... Así igualito despotrican algunos críticos literarios, Rulfo, cógelos por el lado amable.

A Lola la trama le pareció brillante, lo que no le gustó fue que Cristobalín se la arruinara. Así que le dijo: Alguien debería escribir una novela donde Agatha Christie asesina a quienes revelan el final de sus novelas a quienes todavía no las terminan de leer. La víctima de esa historia imaginaria soltó una carcajada y después llevó la conversación a terrenos más reales.

Resulta que antes de exiliarse, Cristobalín había sido telegrafista en su país natal. En su país refugio no pudo ejercer su profesión porque aquí solo podían trabajar mexicanos. Telégrafos de México pertenecía a la Secretaría de Comunicaciones y Transportes, o como quiera que se llamara entonces. Tenían que transmitir mensajes clasificados del Gobierno y, o temían que algún extranjero pudiera fungir como espía, o simplemente eran xenófobos. Así que en realidad don Cristobalín no era librero, de ahí su falta de juicio literario y comercial. Decir a los clientes que las novelas que vende son pésimas, no me parece una brillante campaña mercadológica.

Al principio Cristobalín abrió una librería de viejo con ejemplares que le donaron. Mucha gente le compraba, más que por ánimo lector, como muestra de solidaridad con la causa republicana española. Le fue tan bien que al poco tiempo pudo ampliar el catálogo con títulos nuevos. Después de dos horas de plática en morse,

Cristobalín le transmitió a Lola… Deja le pongo pausa, Rulfo, para disculparme de antemano. Porque vas a salirme con que burlarse de cómo ladran las personas es de ojetes. Pero en este caso la carrilla, más que políticamente, es lingüísticamente incorrecta. El dialecto de Cristobalín no existe en la realidad, solo en mi mente atrofiada por tanto mal chiste que se contaba en la ex Nueva Galicia sobre los primos de Galicia la Añeja. Así que, abusando de la tolerancia de los hablantes imaginarios del español viejomundista, rico en pleonasmos y pobre en existencia, continúo con mi rollo. Cristobalín le transmitió a Lola: No quisiese quejarme, pero más sin embargo echo de menos mi oficio, me placería ensayarlo con vuestra persona; cultísima damisela, ¿no os apetecería algún fermoso día en aquesta su fumilde librería, currar?... Currar es un regionalismo de Europa Occidental, Rulfo, en tapatío significa chambear, entrarle a un jale.

Y pues sí, cuando uno deja de buscar jale, te jalan. A Lola no se le salieron las lágrimas nomás porque acababa de parirlas todas. Y como Lola vio burro, se le antojó viaje: ¿No podría vivir aquí también? Es que me estoy quedando muy lejos. Y Cristobalín muy guay, porque el güey soy yo, que le contesta: Si vuestra voluntad así lo anhela y no os fastidia pernoctar entre baúles rebosantes de novelas, inmediatamente foy mismo podéis mudaros al bodegón subterráneo. Qué le iba a fastidiar vivir entre obras literarias, Rulfo, si es el sueño de todo lector. Ni siquiera volvió por sus cosas al dormitorio de la Colonia Roma. Aunque siendo sinceros, tampoco tenía mucho. Esa misma noche construyó sus muebles utilizando libros como si fueran ladrillos. Compuso un catre con las obras completas de Balzac y le alcanzó hasta para una mesa de noche con las de Shakespeare. Armó todo mientras tarareaba aquella canción olvidada: *De letra ha de ser la cama / de letra la cabecera.*

A partir de la mañana siguiente Lola comenzó a explorar El Nuevo Mundo en su puesto de Subdirectora del Departamento de Comunicaciones y Transportes. Su chamba era comunicar lo que transportaba del sótano a los estantes, título y cantidad de ejemplares, todo en clave morse, por supuesto. El curro de Cristobalín era recordarle que estando embarazada tenía prohibido cargar cosas pesadas: Traed uno por uno, aunque deis múltiples rondas, el entrenamiento físico es provechoso para el próximo y fermoso fruto de vuestra barriga. Yo creo que de ahí le vino a Mamá Lola la manía de ponerme a hacer ejercicio con los libros, aunque los frutos de mi vientre esparcen menos fermosura.

Para sorpresa de Lola, a la librería le iba como decía su patrón: a pedir de boca. En esa época había muchos abogados que necesitaban decorar despachos para encandilar a sus clientes. Los abogados compraban las ediciones más finas, las de pasta dura e inscripciones doradas en el lomo. A Lola, que de día se la pasaba acomodando libros, le quedaba la noche para leer lo que se le antojara. Ahora sí que para conocer la mercancía. A pesar de saber de antemano el final, Lola se volvió fan de Agatha Christie desde la primera novela que leyó: *El asesinato de Roger Acroyd*. Conforme los fueron traduciendo se aventó toda su obra, los textos viejitos y los nuevos.

En México nadie leía las novelas de Agatha Christie antes que mi abuela. Decía que ella los estrenaba. Le encantaba ser la primera en descubrir cómo Hércules Poirot utilizaba sus células grises para resolver misterios. Le hubiera gustado que además de personaje literario también fuera detective de la vida real. Soñaba contratarlo para descubrir al asesino de su padre, el diputado Eugenio Ruvalcaba, envenenado por alguien que había escapado del brazo de una ley muy manca. ¿Qué te parece la idea, Rulfo? Una saga con el título: *Poirot investiga en México*. Si fue a las pirámides de Egipto, ¿por qué no a las de Chichén Itzá? Imagínate al detective más belga rimando en yucateco: Mare, asesina linda, al subir de Kukulkán su castillo, una pista encontré del homicidio, bomba… O resolviendo casos por toda la república, con títulos como: *La muerte aterriza en Papantla*, donde a más de veinte metros de altura un volador avienta un chorrito de vainilla adulterada en la copa de un hacendado. Y aquí en Jalisco, una novela que se llame, en vez de cianuro, *Tejuino espumoso*. Y la colección se extiende con *Asesinato en el Tequila Express* y *El misterio de los jarritos de Tlaquepaque*, esos que se rompen mejor cuando se estrellan con un cráneo. Y en lugar de mudo: *El testigo rudo*, donde un luchador de la triple A es clave en la reconstrucción de los hechos. Y luego la pieza en tres actos: *Cita con la Catrina*. O los entremeses: *La piñata trágica, Cinco Xolitos* y *Un cadáver en Chapala*. Y para cerrar con broche de oro: *Se anuncia un pozoleado…*

Tienes razón, Rulfo, ese último título sería darle al lector el tiro sin gracia. Para como están las cosas en el país, más que ficciones, parecen informes periciales. Es como si le hubieran cambiado la letra al Cielito Lindo: Llora y no cantes. Mejor regresemos a cuando las cosas estaban menos horribles: Lola se volvió una experta en Christología, nada de metanfetaminas ni crucifijos, estudios sobre Christie, Agatha. Leía sus obras una y otra vez, aunque ya supiera quién era el asesino. Le encantaban los diálogos irónicos de la señorita Marple, sobre todo cuando evidenciaba la falta de pericia de los inspectores de Scotland Yard. Y cuando Lola estaba embarazada, leía con el dedo índice pulsando su vientre, transmitiendo las novelas en clave morse para el ser humano que se asustaba en sus entrañas. Porque una cosa es ponerles música clásica a los fetitos, ya ves los discos esos de Bebé Mozart, pero otra muy distinta es mandarles telegramas sobre crímenes sangrientos… ¿Te dio sed, Rulfito? Lola me contó que a partir del séptimo mes el bebé pateaba cuando ella leía las escenas donde aparecía por primera vez el asesino. Ella sentía puntos y líneas como si el bebé, en esa entrañable clave de patadas breves y cortas le informara sobre quién debían recaer las sospechas…

¿A mí qué me ladras, Rulfo? Así fantaseaba Lola cuando estaba embarazada, yo no. Y fue en El Nuevo Mundo donde Lola dio a luz a su primer hijo. Antes con nosotros era igual que con ustedes, ahí donde quisiera salirse el cachorrito, en la casa o a media calle, nada de hospitales ni inyecciones epidurales. Lola nunca me lo contó. Yo deduje cómo dio a luz a partir de pistas que fue dejando. Si también tengo mis células grises, aunque exploten muy de vez en cuando.

Fíjate, Rulfo, varias investigaciones científicas han comprobado que los dolores de parto pueden alcanzar una intensidad tal que, en la base del cerebro humano, específicamente en la glándula pituitaria, se producen beta-lipotrofina y beta-endorfina. Estas finísimas hormonas, también conocidas como morfinas endógenas, cumplen con el objetivo de mitigar el dolor, pero al mismo tiempo generan alucinaciones. Como Lola se encontraba en labor, de parir y de leer novelas, resulta razonable inferir que ambas actividades se debieron influir recíprocamente derivando en lo que se conoce bajo el término de alumbramiento delirante. A partir de esta reacción obligatoria, corroborable hasta en los laboratorios del Doctor Simi, la reconstrucción de los hechos se vuelve una operación tan sencilla que hasta nuestros similares, esos sabuesos genéricos intercambiables llamados Holmes y Watson, podrían descifrar la fórmula de este enigma.

En caso de que no lo hayas inferido aún, me permito exponer cómo se gestaron los hechos: En el momento en que la pituitaria esparció su veneno, expiró la cordura de Lola. Vio cómo se abrían las tapas de los libros cerrados y, una vez abiertos, de ahí se elevaban sus personajes novelescos más queridos para acompañarla en el alumbramiento. Algo poco sorprendente, porque ellos eran las únicas personas que Lola conocía en la Ciudad de México. Su amigo imaginario Poirot le susurró al oído: Silvuplé, pujé madmuasel Lolá, pujé. Y la señorita Marple le prestó su mano para que la mordiera. Entonces el líquido amniótico se derramó sobre la cama hecha con los noventa y tantos tomos de *La Comedia Humana*. Ahí mismo se resbaló un producto sietemesino mucho más logrado. Poirot inclinó su lupa para redirigir los rayos de sol que entraban por la ventana. Así cortó y cauterizó el cordón umbilical. La señorita Marple dio un bastonazo en los glúteos del recién nacido. Pero él no chilló ahí, en público, porque cuando estaba en el vientre materno le habían leído la famosa frase de Agatha: "Una persona inteligente guarda sus lágrimas para sí mismo". Tal vez reservó su llanto para lo que ocurriría después.

Como prueba fehaciente de que mi hipótesis sobre el parto es correcta, tenemos el nombre que Lola le puso a su hijo: Hércules. Como agradecimiento por ayudarla cuando más lo necesitaba: Al parir y a la hora de asesinar el tedio. Ella consideraba a Hércules Poirot el detective con más materia gris de la literatura universal, pésele a los Arturos Cónanes Doyles que les pese. Y a mí, Rulfo, se me alborotaron las células pero mi intención nunca fue abandonar a mi abuela y a Guadalajara precisamente esa fatídica madrugada. Ignoraba lo que ocurría en el subsuelo. *Hay veces que no sé lo que me pasa / ya no puedo saber qué es lo que pasa adentro.*

8. AQUÍ NO PASA NADA

A esta hora se ve bien pinchurriento, Rulfo, pero aquí al rato encuentras hasta lo que ni sabías que habías perdido. Si llegamos temprano, nos agandallan el lugar. Como a la Porfis, mira, don Estrenos ya se la madrugó, las torres de devedés son suyas. Una lástima porque seguro al rato va a venir a presumirnos la última película que grabó. Y va a salir con que además de la cámara entró al cine con todo y su periquito australiano, que se aprendió los diálogos y se la pasó repitiéndolos sin que nadie le pudiera reprochar nada, dice que lo respetan en los Cinépolis por ser la mismísima mugre de la uña del dedo chiquito de Guillermo del Toro. Pura madre, yo creo que alguna vez coincidieron en una función y el Memito se ha de haber puesto a darle palomitas al perico. Según don Estrenos él fue quien convenció a del Toro de abandonar la carrera de Filosofía y Letras para dedicarse de lleno al séptimo arte. Siempre termina diciendo: Yo le abrí los ojos, le expliqué que los egresados de Filosofía no sirven para nada, si quieres hacer algo en la vida, deshazte de las aulas y aférrate a la cámara, o lo único que tendrás será el título de desempleado. Don Estrenos siguió a medias su propio consejo. Dejó la carrera de Letras para cambiarse a Psicología. Al final no le fue tan bien como a su amigazo del Toro. Que yo sepa nunca lo nominaron al Oscar por mejor loquero. Es que también, no mames, un hotel es buena idea, con spa y masajes tailandeses. Si yo tuviera lana te pagaba tus vacaciones ahí para que descansaras de mis problemas, pero ¿un psicólogo de mascotas? Si no me alcanza la lana para el mío, menos para el tuyo. Mejor hubiera puesto un local de Tarot para cuadrúpedos. Ahí sí. Vamos a que te lean las cartas y te convenzas de que nuestros destinos están unidos hasta el fin de los tiempos, suertudote.

Una vez se me salió decir que andaba malo de mis sentimientos. Don Estrenos me recetó platicar con plantas: De preferencia cactus, por las espinas. O con animales. Dijo que los mejores son las aves porque se van a volar con nuestros pedos; pero me aconsejó jamás abrir mi alma a otros humanos. Mucho menos terapeutas. Porque luego lo dejan a uno sin remedio. Sentí que era una excusa para no escucharme y seguir hablando de sus películas, como si me dijera: Ahorita cállate y después le platicas tus pendejadas a las cucarachas voladoras. Por la razón que hubiera sido, si no fuera por su consejo, no estarías gozando de mis enseñanzas, Rulfo. Luego vas a lamerle la cara. Hay que ser agradecido. No como el del Toro que se la pasa becando desconocidos, pero a don Estrenos no le regresa el favor de prevenirlo de la filosofía ni le ayuda a reencausar el negocio y formalizar su vida. A lo mejor está enojado porque más que cineasta quería ser novelista. Ya ves que se animó a publicar un adefesio escrito junto a una escritora alemana. El problema de don Estrenos es que con el internet el bisne de los devedés piratas no tiene futuro. En fin, cada quien es arquitecto de su propia bancarrota.

Un caso totalmente distinto es el de Gaby, la del puesto de aretes de la esquina. Ella no está frustrada ni se queja por haber tenido que abandonar la carrera. Al contrario. Presume que fue admitida en la universidad y que llegó hasta cuarto semestre de odontología. Y fíjate que es muy bien hecha. Aunque le falte el título y el consultorio. Los sustituye con el buen trato y el comedor de su casa. A mí me inyectó una anestesia poderosísima. Me sacó tres muelas del juicio el mismo día y ni sentí nada. Después me la pasé dos días balbuceando en cámara lenta pero bien relajado. No como cuando fui con aquella dentista oficial que además de la muela me sacó un ojo de la cara. Carísima la consulta. Han de haber sido de oro los vasitos con los que me enjuagué el hocico. Gaby, en cambio, para que cicatrice la herida hasta nieve de limón te ofrece y con tejuino. De ella sí se puede decir que ejerce su vocación, aunque ande entre las más buscadas de la Secretaría de Salubridad.

Con los Ramírez nos canta otro gallo. Ellos sí terminaron sus estudios y también se dedican a su profesión. La esposa estudió Negocios Internacionales y el marido Antropología o una pachecada parecida. Las réplicas de uniformes deportivos que venden son de mucha calidad. A veces vienen exjugadores de fútbol profesional y les compran la mercancía convencidos de que es original. Han de pensar que los uniformes son robados y que por eso les salen más baras que con los patrocinadores. Pero no, la señora Ramírez importa las prendas legalmente desde una fábrica en Filipinas que su esposo descubrió cuando estuvo ahí investigando para su tesis de licenciatura.

No me acuerdo del tema, sí me platicó, alguna pendejada sobre la deformación de las identidades o la identificación de las formalidades. Así que como ves, aquí todos somos semi académicos. Y no es que le vayamos al Atlas. A excepción de doña Porfis, la tatuadora. Ella es la única que nunca fue a la universidad, pero es la que más sabe de Historia. Seguramente por lo mismo. No le dicen doña Porfis porque pida las cosas por favor. Está traumada con Porfirio Díaz. Cuando va a tatuar a un cliente ahí en su puesto, lo primero que hace es platicarle las causas que originaron la revolución mexicana. Yo creo que lo usa como anestesia. Numerar las reelecciones de Porfirio Díaz adormece más que contar ovejas. No se lo digas en su cara porque se enoja. Más bien es zapatista, pero todo mundo se le duerme cuando apenas va llegando a la firma del Plan de San Luis. Nadie aguanta despierto hasta la Decena Trágica. Si quieres, Rulfo, un día de estos te rasuramos entre las dos manchas que tienes en el lomo y vamos a que te tatúe mi cara. Te lo invito como regalo de primer aniversario de tu independencia pulgosa. Y de pasada doña Porfis te domestica con algo de historia patria… Tienes razón, primero sigo adiestrándote con historia familiar. Nomás no roas tanto mis recuerdos porque luego me dejas sin nada ¿Qué te estaba masticando?

Poirot cortó el cordón umbilical de su tocayo, mi tío Hércules. Luego pasó como un año de los tuyos, que equivalen como a siete de los míos, en que Lola fue muy feliz y por lo tanto no hay mucho qué contar. Porque no tiene sentido platicar de sus mil y una sonrisas. Tampoco creas que era una vida de lujos, no, pero al menos se había escapado de las complicaciones previas. Tenía un salario por hacerla de cajera y acomodar libros, pero como casi no había clientes, pues le sobraba tiempo para leerlos y discutirlos con Cristobalín. Te podría cuentear con una de aventuras, Rulfo, decirte que Cristobalín era un comunista español y que la librería era una fachada y que entre los contenedores de cajas de libros venían escondidos otros camaradas que huían del fascismo. Y que Lola colaboraba en la red de salvamento rojo. Mandaba telegramas a editoriales haciendo pedidos de novelas que en realidad contenían instrucciones cifradas para sacar de Europa a los perseguidos políticos. Podría inventarte que, por ese conducto, junto a las obras completas de Alejandro Dumas también entró a México el asesino de Trotsky. No Ramón Mercader, me refiero al que vino antes pero que al final no lo mató, quedó en tentativa de homicidio. Lola decía que falló intencionalmente porque Cristobalín lo convenció de que no cumpliera la orden, que solo hiciera como que lo había intentado. De esta manera el Partido no le abriría proceso por alta traición ni le volvería a encomendar nada, por inepto. Y así seguiría existiendo alguna oposición a Stalin, aunque fuera a larga distancia. En los libros de historia la red de coyotes bibliófilos es más recordada por ese homicida fallido que por las vidas que salvaron. No la de Trotsky, ahí le fallaron. Digo la de los otros personajes menos famosos a quienes les ahorraron las molestias del paredón de fusilamiento. Pero no, mejor te juro que mi abuela no tuvo nada que ver en esa red de tráfico ilegal de espías. No busco manchar su memoria haciéndola cómplice de un crimen que, si ella hubiera sospechado que se cometía bajo sus narices, seguro que no le habría invitado una taza de café al muchacho ese que llegó de Veracruz recitando de memoria todo el primer capítulo de *Los tres mosqueteros*.

Durante ese año canino Lola se familiarizó con las ideas comunistas… Ya sé, Rulfo, tú eres un fanático de la propiedad privada y te pones histérico cuando alguien se acerca a tu limonero. Pero imagínate si a todos los del tianguis nos dejaras poner nuestra firma tibia en ese arbolito, sacábamos limonada para la clientela entera. Pero no, prefieres tu mingitorio exclusivo, aunque esté todo marchito.

Hablando de eso, a partir de que entró a la escuela también se marchitó la infancia de Hércules. Se convirtió en el tiro al blanco de sus compañeros. Por sus apellidos. No es que fueran graciosos, sino que se enteraron de que eran los mismos de su mamá: Ruvalcaba Gómez. Poirot nunca lo reconoció ante el registro civil. Y la maestra, a quién se le ocurre, siempre le preguntaba a media clase que platicara a qué se dedicaba su padre. Y Hércules, pues, se quedaba ahí nomás callado. Ojalá le hubiera contestado que su papá era el detective más belga del mundo. Pero no, para qué generar más carcajadas. Y un día, fíjate lo pedagógicas que eran las clases antes, un día la maestra le dijo: Ya siéntate, Herculito. Y a partir de ahí empezaron a lloverle los apodos albureros, los compañeritos le gritaban... Tienes razón, mejor no abuso de tus orejas y te cuento cómo Lola conoció a mi abuelo.

Era un cliente que la engatusó… ¿A poco creías que los perros eran los únicos animales reducidos a verbos? También los gatos serpentearon hasta anidarse en el diccionario. Y no te emperres porque te araño. Mi abuelo estuvo buitreando a Lola desde el primer día. La vio bien trucha leyendo y la tarantuleó con recomendaciones de novelas. Empezó yendo una vez a la semana a que le aconsejara lecturas, compraba los libros y la semana siguiente iba a discutirlos y a rogarle nuevas sugerencias. Eso fue lo que la engatusó. Y antes de que me gruñas con que ahí no hay ningún engaño, te voy contestando que sí. Porque quien leía las novelas no era mi abuelo, sino mi tatarabuela. O sea, mi abuelo, al que le pusieron el mismo nombre que a mí,

Salvador, iba a la librería para surtir de novelas a su mamá, Aída, que sí era lectora. Y como Salvador no solo quería echarle el ojo a Lola, sino también la nariz, la boca y todo lo que se pudiera, pues le pedía a su mamá Aída que le contara las historias de los libros, para luego dárselas de muy leído con mi abuela. Así es que en el fondo Lola y Aída eran las que deberían haberse enamorado, si las afinidades literarias fueran más fuertes que la química. Porque en realidad nunca congeniaron, siempre necesitaron de mi abuelo para que, haciendo honor a nuestro nombre, salvara las diferencias.

Un día Salvador descubrió que mientras platicaba con Lola sobre una novela, ella daba golpecitos al mueble que provocaban carcajadas en Cristobalín. Luego viceversa, Lola sonreía al escuchar la campanilla que hacía sonar su patrón. Y como Salvador no salió a mí, era poco pendejo, pues no tardó en descubrir la conexión entre esos sonidos y las risas. ¿Tú qué hubieras hecho, Rulfo, si descubres que se están burlando de ti? Porque Lola y Cristobalín se agarraban de botana a Salvador. Y en su cara. ¿Cómo te sentirías si yo le hiciera como si aviento una pelota y me divierto viéndote correr tras ella con la lengua de fuera? Pues si cachas el engaño, te lanzas a morderme las pelotas, te conozco. Y bien ganado me lo tendría. Pero cuando Salvador se dio cuenta, reaccionó con un colmillo más retorcido.

Durante tres semanas no se paró en El Nuevo Mundo. Luego apareció un sábado en la mañana con una caja de herramientas y se puso a trabajar sin decir nada. Ni Lola ni Cristobalín quisieron preguntar qué hacía. Estaban apenados. Sabían que lo más natural era que Salvador siguiera molesto con ellos por reírse a sus costillas y, para no enfrentar su mirada, prefirieron hundir la cabeza entre las pastas de un libro. A mediodía, el que tendría el honor de ser mi abuelo ya había armado un par de transmisores de telégrafo. Es que era muy hábil, casi un inventor. Fue él quien fabricó la pistolita de oro que empeñé para pagar el pasaje a Ciudad Juárez.

Las tres semanas anteriores Salvador se había puesto a investigar cómo se construía y funcionaba un telégrafo. Ese sábado, primero armó un transmisor en la caja y luego les preguntó dónde querían que instalara el receptor. Y Cristobalín: Macho hombre masculino y viril, pues en mis aposentos que habito, joder. Cristobalín vivía en una casa al lado del Nuevo Mundo. Y ese fue el detalle que acabó por seducir completamente a Cristobalín… perdón, a Lola. Bueno, a ambos dos pares, macho perro ladrador y rulfiano, coger.

El español estaba feliz porque ya no tendría que pasar la mayoría del tiempo en la librería.

Ahora podía permanecer en casa explicando a los recién llegados de Europa cómo debían comportarse para pasar desapercibidos en México… No se dice ilegales, se dice: sin papeles, Rulfo. Y no vayas a andar con el chisme de que se trataba de personas, estoy hablando de los libros que llegaban a México de mojados. No de agua, porque las cajas en las que cruzaban el atlántico venían bien cerradas, pero eran obras impresas en secreto, para que ni los nazis ni los falangistas se enteraran de su redistribución. Eran libros sin papeles, pues, casi casi electrónicos porque eran corrientes…marinas las que los traían sanos y salvos, sin fracturas ni facturas.

Así desembarcaron en El Nuevo Mundo una gran cantidad de textos de tinta roja. Cristobalín les rogaba a los panfletos indocumentados que en los primeros meses permanecieran mansos en los estantes, que no intentaran revolucionar el pensamiento de nadie, sino que se limitaran a descansar los lomos. Y yo creo que se tomaron muy a pecho eso de pasar desapercibidos, digo, si vemos el promedio de lectura anual que hay en México. Se tienen más mascotas que libros. Sin contar los perros que pedimos prestados a la calle ni las novelas que adoptamos del librero de los amigos.

Hablando de adopciones, con la relación de Lola y Salvador el que salió ganón fue mi tío

Hércules. Mi abuelo se enteró de que se burlaban de él en la primaria. Entonces le preguntó a Lola si le dejaba darle su apellido, o sea, registrarlo como si también fuera su hijo. Lola le preguntó su opinión a Hércules y él se puso feliz. Porque a ti eso de los apellidos te parece una pendejada muy de humanos, pero en ese momento para Hércules significó mucho. Al menos a partir de entonces, cuando le preguntaran a qué se dedicaba su padre, podría contestar que no tenía idea pero que se llamaba Salvador Cuevas. Y en la escuela ya tendrían que burlarse de otra persona.

Pero no creas que mi abuelo así nomás de buen samaritano lo hizo. Quería adoptarlo porque su esposa no lo dejaba ver a sus hijos biológicos… Sí, estaba casado. Aunque llevaba muchos años separado. Y yo creo que extrañaba convivir con sus hijos. Supongo que mi abuelo le había sido infiel a su esposa. Porque eso de la lealtad a prueba de todo es una cualidad exclusivamente canina. Tú, por ejemplo, me lames las manos por más periodicazos que te dé… No me refiero a pegarte, tranquilo. No te rosaría ni con los suplementos deportivos. Hablo de si pusiera un anuncio en las páginas del aviso oportuno. Así de: Gengis can Rulfo busca emperatriz dálmata Solavino para cruza seria, sabuesas rabiosas no abstenerse… Si te animaras a olfatearla, lo publicaba, pero luego luego te chiveas…

A Salvador le convenía adoptar a Hércules por aquello del Karma. Y hasta eso, siempre lo trató como a un hijo propio. Claro, si lo había adoptado, pues eso era. Así como tú eres legítimamente mío, para siempre y sin condiciones. Mi papá me platicó que mi abuelo no hacía distinciones entre él y mi tío. O al menos lo intentaba, pero luego incluso terminó prefiriendo a Hércules. Por lo que le sucedió en la mano. Es que, fíjate, mi tío y mi abuelo se convirtieron en uña y mugre, de verdad, no como en los sueños húmedos de don Estrenos con Guillermo del Toro. Hércules lo seguía a todos lados. Y Salvador finalmente se sintió en el rol de padre que nunca había ejercido. Y le gustaba presumirlo. Dejaba que su nuevo hijo lo acompañara a las reuniones de trabajo, por ejemplo, que eran en las cantinas. En esa época ahí se realizaban las juntas de negocios. Todavía, ¿no? Tampoco creas que ponía a Hércules a chuparse un pulque. Lo que sí hizo fue pagarle clases de guitarra. Como a Salvador le gustaba cantar, pero no era entonado, pues le patrocinó la carrera de guitarrista a Hércules para que los acordes armónicos disimularan su voz desgañitada. En las juntas de trabajo, pronto presentó a Hércules como su secretario musical. Cuando cerraban un negocio cantaban un bolero. Y cuando se les caía otro, pues ocho.

Salvador se dedicaba al comercio de alhajas.

No bisutería. Joyería de autor. Él se aventaba sus propios diseños. No te vayas a imaginar que era millonario, porque nomás dicen joyero y piensan en alguien que caga en excusado de oro. No. Y en el caso de Salvador las cosas se le indigestaban, en cuanto a legalidad, me refiero. Es que, porque los materiales con que se hacen las cadenitas son carísimos, lo que mi abuelo hacía para disminuir costos era, no le vayas a decir a nadie, los domingos se iba a los barrios más pobres de la ciudad a cambiar tostones por pesos. El toston era la moneda de cincuenta centavos. El caso es que, si tú le dabas cincuenta centavos, él te regresaba un peso. Y pues todos se sacaban de onda. Primero mordían las monedas de a peso. Y ya que comprobaban que no eran falsas, hacían el trueque y se iban bien felices por haber duplicado su poquísimo dinero. Unos decían que Salvador era un millonario excéntrico con complejo de Robin Hood. Los más sensatos lo tiraban de a loco. El truco radicaba en que, en esa época, los tostones los hacían de plata. Así que, debido a las típicas devaluaciones del peso, el metal de esas monedas valía más que la cifra que traían acuñada. Incluso más que el peso de níquel o bronce que les daba Salvador. Luego mi abuelo fundía las monedas de plata para hacer los más exclusivos diseños de joyería. O si andaba falto de creatividad, los convertía en lingotes para venderlos a otros colegas. Las ganancias no eran malas, pero sí chuecas. Estaba prohibido, Rulfo, hasta delito federal era. Porque entiendo que las monedas también son propiedad de la Nación, ¿no? Corrígeme si me equivoco, pero según yo son pagarés al portador, igual que los billetes, los emite el Banco de México y supongo que fundir por cuenta propia monedas en circulación no ha de causarle mucha gracia al Gobierno.

Hércules era de los que veían en su papá a un Robin Hood. Lo idolatraba. Y se decidió a darle un regalo, un llavero hecho por él mismo y con su nombre. Un día que Salvador dormía hasta tarde, Hércules se metió a escondidas a su taller. Agarró una placa de cobre y la colocó en la lijadora, tal y como había visto hacer a su padre. La S inicial de Salvador le quedó como un relámpago, pero le sirvió para familiarizarse con la máquina. La letra A salió preciosa. Pensó que cortar una L sería muy sencillo y por el exceso de confianza se fue de largo. Se mochó el índice y el pulgar de la mano izquierda. Los gritos del niño de once años despertaron a mi abuelo. Lo llevó al Hospital lo más rápido que pudo. Pararon la hemorragia, pero ya no pudieron coserle los dedos.

Hasta eso, nunca supe que Hércules lamentara haberlos perdido. Tampoco sé si a mi abuelo le remordía la conciencia por haber dejado el taller abierto. Dice mi papá que de eso nunca hablaban, nadie. Él se enteró de todo hasta que murió mi abuelo. Porque Hércules se empeñó en quedarse con el llavero de Sal. Mi papá nunca imaginó que se tratara de una joya inconclusa diseñada para decir Salvador. Siempre creyó que el llavero hacía referencia al cloruro de sodio. Le parecía muy lógico que mi abuelo trajera esa Sal consigo, como recordatorio para no echarle azúcar a sus alimentos. Era diabético. Pero en el velorio de mi abuelo, mi tío insistió tanto en quedarse con la Sal, que entonces mi papá le pidió que le explicara de dónde venía tanta obsesión por el chingado llaverito. Ahí fue cuando Hércules le contó lo de sus dedos. Mi papá creía que se trataba de una malformación de nacimiento. Eso también era cierto, según Hércules, porque cuando lo adoptó Salvador volvió a nacer. ¿Y por qué no dejas que lo entierren con el llavero? ¿Para qué se lo quitas ahora? Le preguntó mi papá. Porque uno en esos momentos, Rulfo, si crees en el más allá y eso, a lo mejor dirías: Quiero que portes mi regalo por toda la eternidad. Digo, si ya lo había traído tantos años, ¿por qué no dejárselo? Y Hércules le contestó: No se lo quito, lo tomo prestado para terminarlo, quiero poner su nombre completo, después voy a regresárselo personalmente en el cielo. Más bien en el infierno, lo corrigió mi papá tratando de aligerar el momento con una mala broma.

Qué curioso, Rulfo, Hércules se parecía más a Salvador que a Lola. Es que no siempre nos parecemos a quien nos dio a luz, sino a quien nos da a la oscuridad. Me oí muy satánico, ¿verdad? Pero el dicho empieza: Dime con quién andas. No dice: Dime de qué útero saliste. Yo, por ejemplo, ando con pulgas saltarinas. Y tú ya tienes ojeras de humano bailarín.

A propósito de actos circenses: A Hércules, fíjate, el accidente en la mano no le impidió seguir tocando la guitarra. Seguía yendo con su papá a las reuniones y hasta aprendió a aventarse más pisadas. Y no vayas a interrumpirme con un: ¡Guau! No te hagas el sorprendido. Porque, aunque perdió dos dedos, eso no le dificultaba las pisadas... Pinche Rulfo, tan falto de educación musical. Se llaman pisadas porque con los dedos pisas las cuerdas contra el brazo de la guitarra. Suena al acto de un contorsionista, pisar el brazo con la mano sin dedos. Antes no se fue al traste. Disculpa que me refiera a su habilidad como si se tratara de un número de circo. Nomás estoy repitiendo lo que mi papá me decía, porque él veía que ante cualquier oportunidad, no solo en las cantinas, también cuando llegaba visita a la casa o para atraer gente en los parques, cuando quería cambiarles sus tostones por pesos, mi abuelo le pedía a Hércules que rasgara la guitarra. Mi papá pensaba que lo exhibía como si se tratara de un monstruo de feria o algo así. Hércules pensaba distinto. Sentía que Salvador lo presumía, que estaba muy orgulloso de su manquito musical. A lo mejor mi papá estaba celoso. Porque él nunca supo hacer nada. Nomás largarse a los Estados Unidos, para eso sí salió muy bueno.

Ahora que me acuerdo, mi papá tenía una gracia: sabía caminar dormido. No como sonámbulo, sino que se quedaba getón donde le diera sueño, aunque estuviera paseando por la calle. No me sorprendería que hasta nadando. Luego un día hasta se quedó dormido jugando fútbol. Se despertó cuando le dieron un balonazo en la cara. Inventó el gol de roncadita. Aparte de lo mentiroso, también salí a él en lo bueno para dormirme en cualquier lado. Por ejemplo, en el camión a Ciudad Juárez, la escala previa a mi destino final: el rechazo de Yurigol. En cuanto me subí al camión nomás me puse los audífonos y... ¿Qué? Ah sí, no te platiqué lo que pasó con Cristobalín.

Un día dejó de responder los mensajes telegráficos de Lola. Al principio ella no se alarmó. Pero cuando pasaron dos días, ahí sí la invadió la preocupación. Como el patrón vivía ahí al lado de la librería, pues Lola fue a revisar. Tocó a la puerta y nada. Estaba asustada pero ni modo de hablarle a la policía. Podía haber algún libro sin papeles escondido en la casa. Se estuvo ahí afuera un rato hasta que anocheció. Luego regresó a la librería y pasó como una semana yendo a cada rato a ver si Cristobalín había regresado. Hasta que finalmente llegó otro español al Nuevo Mundo. Como tampoco sé su nombre le voy a poner Hernán Descortés, para seguir faltando a la cortesía histórica. El recién llegado le explicó que venía a hacerse cargo de los libros porque su primo Cristobalín había fallecido en un accidente de tráfico… Yo tampoco creo que fuera un accidente, pero sí que estaba relacionado con el tráfico. A lo mejor de comunistas. Si fuera verdad eso de que convenció a un agente para que no matara a Trotsky, entonces te diría que el Partido mandó atropellar a Cristobalín. No sé.

Lo que sí me consta es que le alcanzaron a dar un llegue de rebote a Lola. La dejaron sin chamba. Hernán Descortés saqueó el negocio de su pariente. Se robó los Tesoros de la Juventud y las demás enciclopedias para llevárselas a Veracruz y fundar una nueva librería encima de otra que ya existía. Cómo la bautizo, eso ya no sé. Digamos que La Colonial, para no meternos en Honduras. El tal Descortés le ofreció a Lola que lo acompañara en la conquista del mercado editorial veracruzano, porque Cristobalín le había dado muy buenas referencias suyas. Lola no quiso. Ya no estaba sola.

Prefirió irse con Hércules a vivir al taller de

mi abuelo Salvador. Los tres compartían un dormitorio. Ahí Lola le batalló mucho por la estrechez espacial y económica. Un día la mamá de Salvador le ofreció un puesto de cajera en la carnicería que tenían. A Lola no le convencía eso de trabajar con la suegra. Tuvo que aceptar porque ya acumulaba varios meses de desempleo. Desde afuera la chamba parecía fácil, ambas se la pasaban leyendo, sentadas junto a la caja de la carnicería, esperando que llegaran los clientes. O esperando que no llegaran, si el libro estaba bueno. Pero desde adentro, o sea en la mente de Lola, el trabajo era muy duro, el olor de la moronga le impedía concentrarse en la lectura. Porque no es lo mismo imaginarse asesinatos de mentiritas que estar oliendo sangre de a devis. Ahora sí que, entre tanta fileteada, era lectura *in medias res* y en cuarta dimensión. Como los cines esos donde te mueven los asientos y avientan agua. Para mejorar la experiencia lectora a Lola le salpicaban las páginas con mole rojo de vaca cruda. Muy incivilizado eso de vender costillas, Rulfo, por más que te pongas a salivar…Ándale pues, toma tu rebanada de jamón. Nomás porque ya tenías rato sin interrumpirme.

    ¿Que qué pasó cuando me subí al camión para largarme al gabacho? Mira, como el chofer puso Radio Ranchito y yo me las daba de muy citadino, pues intenté urbanizarme con mis audífonos: *Éramos todos de papel / liso y blanco / sin doblar*... La carretera sí traía muchos dobleces. De tanto bache empecé a sentir que andábamos en la luna. El exceso de cráteres no evitó que honrara la tradición paterna, logré quedarme dormido antes de que terminara la canción. Mis ronquidos me despertaron un par de veces, pero nomás le daba vuelta al casete, volvía a arrullarme y San Seacabó.

Soñé con un cráter que hacía erupción. En lugar de lava escupía muebles. Un sillón me pegó en la cabeza y el dolor me despertó. Creí que al cabecear me había golpeado con la ventana. Los gritos de los otros pasajeros me dieron a entender que algo más grave había pasado. Antes de quitarme los audífonos y mientras intentaba destorcer el cuello, escuché una última estrofa: *Somos sumisos y obedientes / con ganas de gritar / con ganas de matar*... Los pasajeros no pensaban quedarse con las ganas. Había un griterío enorme. Todos bien apurados, agarrando sus maletas y bajándose.

¿Nos estábamos incendiando? Alcancé a agarrar de la blusa a una señora que corría por el pasillo: ¿Qué pasó? Me encajó las uñas en el antebrazo y dijo: ¿Qué no oíste el radio? ¡Quítate! Negué con la cabeza ¿Cómo iba a oírlo si venía dormido y oyendo a los Caifanes? La solté porque sus uñas postizas estaban bien filosas. Entonces la señora continuó confundiéndome: Acaban de avisar que bombardearon Guadalajara. Antes de bajarse del camión me gritó: ¿Tú también te vas a quedar ahí como pendejo? Su modito me recordó a Mamá Lola. Me levanté de un brinco y, en lo que guardaba los audífonos en mi mochila, el señor del asiento de atrás dijo: Le rogaron al chofer que se regresara a la central de autobuses, pero no quiso, ni yo tampoco, dice que si se da la vuelta lo despiden; además, en el radio pidieron que no salieran de las casas, ¿ya para qué hacerla de tos? Al bajarme del camión quise toserle en la conciencia al conductor: Hijo de su chingada madre, si tuviera familia en Guadalajara me cae que se regresaba, señor tan culero… Lo insulté de usted porque siempre he respetado las canas. Te lo digo, humano, para que me entiendas, perro. Ládrame con cortesía… ¿Qué te cuesta?

En cuanto me bajé el camionero arrancó y nos dejó ahí tirados en la carretera. Era autopista de cuota, pero no creas que había semáforo ni puente peatonal ni nada. Para cruzarnos a los carriles que van en dirección a Guadalajara, teníamos que brincar la barda de protección que divide ambos sentidos. Había un señor igual de panzón que yo ahorita, lo levantamos entre cuatro para que pudiera librar la barda. Luego, en cadenita nos pasamos una carriola con todo y bebé adentro. ¿Cuántas personas cabrán en un camión foráneo? ¿Cuarenta? Pues éramos la mitad de los pasajeros los que nos habíamos bajado. Imagínate, veinte personas varadas en medio de la carretera. Como eso de la bombardeada me tenía ansioso, agarré mis audífonos y sintonicé el radio.

Me enteré de que no había estallado la guerra. Una locutora dijo que habían explotado los intestinos de la ciudad. Su metáfora lo empeoró. De haber sido una bomba de los gringos tendríamos con quien vengarnos, pero si se trataba de un pedo interno, debíamos defendernos de nosotros mismos: el enemigo estaba en casa.

Antes, Rulfo, Guadalajara estaba dividida en cuatro sectores: Hidalgo, Libertad, Juárez y Reforma. La locutora dijo que había explotado el Sector Reforma completo. Un señor me preguntó qué opinaban en el radio. Opinar nada, le dije. Nomás repetían la recomendación de las autoridades: no salir de casa porque podía haber más explosiones. El señor negó con la cabeza: No quieren que veamos las pendejadas que hacen, cabrones. Yo tampoco entendía tanta insistencia para que la gente permaneciera en sus hogares. Si lo que estalla es el subsuelo, ¿no es mejor salir a la calle, como en los terremotos, para que no te caiga el techo encima? Le comenté mi duda al señor y me confirmó: A huevo, acuérdate del temblor del ochenta y cinco. La señora que me había arañado en el camión había empezado a maldecir su celular, no tenía señal. En ese entonces casi nadie tenía ni señal ni celular. Y los que había eran grandotes, ladrillos con una antena del tamaño de tu cola. La señora se quejó de no poder comunicarse al trabajo. Ya ni la hace. Uno queriendo comprobar si la abuela está viva y ella reportándose a la oficina. Démosle el beneficio de la duda, a lo mejor la venta de uñas samurái era negocio familiar.

Al principio, ya del lado correcto de la autopista, nos vimos muy educaditos, pidiendo raite con el pulgar levantado. Obvio que ningún carro se paraba. ¿Quién le da un aventón a veinte personas? A lo mejor hasta creían que éramos manifestantes intentando bloquear la carretera, no sé. Cuando pasaban junto a nosotros, en lugar de detenerse, aceleraban. Me daban ganas de enseñar la pierna para seducir a la trailera tocaya de mi abuela y que se parara. Pero en media hora el único que nos peló fue un vochito. Hasta eso, buena onda, dejó que se treparan siete de nosotros. Parecía que el carro iba a reventar por sobrepeso. Ya nomás quedábamos trece, pero ni las camionetas de redila nos pelaban.

Estábamos bien nerviosos porque la gente hablaba al radio toda desesperada. Yo oía con los audífonos y luego les avisaba a los demás lo que decían. Me esforcé por entender a una señora que entrevistaron llorando. No hallaba a su hija y repetía que la tierra se había partido en dos y un camión salió volando. El reportero en lugar de tranquilizarla le pedía que narrara con detalles lo que había visto, para que los radioescuchas estuvieran informados. La señora empezaba a decir que el día anterior reportaron un olor a gasolina, pero mandaron a comerciales. Lo primero fue una reflexión patrocinada por una mueblería. Faltaba poco para el día de las madres y, si querías salvarte de que te bautizaran el hijo ingrato, debías aprovechar las rebajas de hasta el cincuenta por ciento en todo el departamento de blancos. Al volver de los anuncios, una locutora comentó que el reportero había convencido a la señora de regresar a su casa, por si volvía su hija, que no había necesidad de buscarla en las calles porque las autoridades ya estaban tomando cartas en el asunto. Me los imaginé jugando naipes, Rulfo, mientras nosotros nos asoleábamos en la autopista, temblando porque no sabíamos bien qué había pasado exactamente y yo, además, no podía dejar de pensar que la casa de Mamá Lola se ubicaba en el Sector Reforma.

La señora del celular dijo: A mí sola me llevan de corbata, pero si nos ponemos varios en medio de la carretera, se tienen que parar. Yo también me formé. Hasta el final de la fila. Donde según yo, en caso de que los coches no se frenaran, alcanzaría a aventarme hacia afuera de la autopista. Entre doce personas agarradas de la mano bloqueamos los cuatro carriles. El único que se negó a ponerse, el señor gordo al que ayudamos a brincar la barda de contención, gritaba como loco desde la seguridad de la banqueta: ¡Nos van a apachurrar! Vimos algo moviéndose en el horizonte. El señor no aguantó, se arriesgó a tomarme de la camisa y jalonearme: ¡Embarrados en el cemento no servimos de nada! Pensé: Más ayuda el que no estorba. Pero también yo tenía miedo, Rulfo, no te lo voy a negar, porque nadie respeta el límite de velocidad en la autopista.

El puntito a lo lejos también venía en chinga. Pronto más que punto, tiró a línea. A la Línea Dorada de Autobuses. Ahí no nomás yo, todos se asustaron. Un carro sí se "afrena", como decimos aquí; pero a un camión pollero le pueden fallar los afrenones. Me pasé al bando de mi gemelo de panza. Lo ayudé a jalonear a la gente para que se salieran de la carretera. Hasta eso estuvo fácil, nada más la señora de las uñas tercas se puso picuda. Tuvimos que limar sus ánimos entre unos cuatro. La sacamos del carril de alta velocidad, pero se le cayó el celular y tuve que regresarme a recogerlo. Si lo atropellaba el camión, nos iba a exigir pagárselo como si fuera nuevo.

Yo te platico todo en cámara lenta porque más o menos así pasó, nadie tenía condición física. Ya que estábamos en la banqueta, quitándonos el sudor y felicitándonos por haber librado el apachurramiento, nos dimos cuenta de que el camión había afrenado unos cincuenta metros antes de llegar a nosotros. Ahí confirmamos que era un camión de la Línea Dorada, pero no se dirigía a Guadalajara, sino también a Ciudad Juárez. ¿Nos habíamos cambiado de carril entre tanto jaloneo? Se abrió la puerta del autobús y bajó el chofer. Era el mismísimo culero que nos había dejado a media carretera. Se le ha de haber venido a la mente algún primo lejano que tenía en Guadalajara y quería saber si estaba bien. O a lo mejor siguió escuchando el radio y lo conmovió la señora buscando a su hija. O querría aprovechar el cincuenta por ciento de descuento en el departamento de blancos. No sé. Gritó: ¡Órale, ya súbanle! Y le subimos. También a los audífonos. Apenas avanzamos un par de metros y la señal del radio se distorsionó, para no estar oyendo pura estática, mejor le puse *play* al casete: … *hace tiempo me dijeron / que aquí no pasa nada / que todo está guardado / para que no le pase nada…*

En el camino de regreso a Guadalajara las casetas estaban desiertas. Nadie cobraba. Eso nos confirmó que la cosa estaba grave. ¿Cuándo has visto que el Gobierno deje de embolsarse algo, Rulfo? Ni siquiera en emergencias tan cabronas como huracanes o terremotos te hacen descuento en el libre tránsito, mucho menos lo ponen gratis. Parecía que estaban evacuando la ciudad y que nosotros íbamos en sentido contrario. O sea, los cuatro carriles del lado de la autopista que dejaba Guadalajara estaban repletos. Vas a decirme que eran vacaciones y se estaban yendo a la playa, pero normalmente también hay gente que viene a pasar Semana Santa en Guadalajara, aquí se pone buena la visita de los siete templos por las pinches empanadas. Pero a esa hora nosotros éramos los únicos entrando a una ciudad que ya había iniciado su viacrucis.

Esperaba ver gente corriendo por todos lados. Me equivoqué. Desde que cruzamos el periférico las calles estaban vacías. ¿Había huido la gente? ¿Se encerraron en las casas como pedían las autoridades? La canción me contestaba *que esta tierra es de ciegos / y que el tuerto está en el cielo*. Faltaron ojos para ver el infierno.

9. LOS DIOSES OCULTOS

¿Por qué no puedo andar a gatas / como lo hacen los locos? Rulfo, esta rola me recuerda que debo platicarte lo que pasó con mis abuelos. Porque esa misma pregunta, acerca de los límites de la cordura, Lola se la planteaba una y otra vez a Salvador, debido a su conducta impredecible. Cuando yo le pedía a ella que me definiera a mi abuelo, se ponía a pensar y reflexionaba: ¿Tonto? No. ¿Inteligente? Tampoco. ¡Loco! Y no decía mucho más. No le gustaba hablar de él. Lo que yo sé es porque mi papá me lo platicó por teléfono desde Houston. Mi papá nació en la Ciudad de México. Sus recuerdos de infancia son muy vertiginosos. Dice que era como en una montaña rusa, en cuanto a lo emocional y lo económico. Fluctuaban entre épocas malas y eternidades

peores. Porque mi abuelo Salvador, como decía Lola, no era tonto. Sabía hacer negocios chingones. Lo de cambiar tostones por pesos es solo una anécdota curiosa, tenía muchas de esas. Creaba oportunidades para hacer dinero donde a nadie más se le ocurría. Tenía mucho ¿cómo le dicen ahora?... espíritu emprendedor. Antes se le decía ingenio mexicano.

Por ejemplo: los tacos dorados. Mi abuelo los inventó. Aunque no me creas. Porque al lado de la carnicería de su mamá había una tostadería. En esa época, no sé ahora, ponían las tortillas a tatemar al sol. Haz de cuenta como en un tendedero de ropa. Los domingos en la carnicería preparaban carnitas. Y un día a mi abuelo se le prendió el foco y descolgó una tortilla del tendedero, le puso carne, clavó ambos extremos de la tortilla para que no se abriera y entonces la metió al aceite de las carnitas. Una idea bien pinche sin chiste, pero deliciosa. Y a nadie se le había ocurrido. Como tres meses triunfaron en el Distrito Federal los famosísimos Tacos Martillo. En Guadalajara nos los pirateamos con el nombre de Tacos Dorados. Y en vez de clavos usamos palillos. Pero no saben igual, Rulfo. Los originales estaban adicionados con hierro. Eran más nutritivos, pues.

Con esa idea Salvador, literalmente, dio en el clavo. Se hacía una fila eterna y, para no hacerles tediosa la espera a los clientes, ponía a Hércules a que les tocara algo con la guitarra. Un exitazo. Pero a los tres meses Salvador se enfadó de ser carpintero estrella de la cocina popular y mejor les traspasó la taquería a sus hermanos. Ellos no pudieron con el negocio y se les cayó rápido, no porque varias fonditas empezaran a plagiarles la receta, sino porque les faltaba el carisma de mi abuelo y mi padrino. Es que la gente no quería entretenerse nomás la panza, iba a divertirse de forma holística, como dicen ahora. Y esa era la marca típica de Salvador, tenía una idea brillante para algún negocio, lo echaba a andar y, en cuanto pegaba a lo grande, lo abandonaba. Por eso Mamá Lola decía que estaba loco. Le aburría la buena vida. O más bien lo que disfrutaba era la adrenalina de emprender algo nuevo. De concretar lo abstracto. Que ese taco que solo picaba en su imaginación, se volviera realidad en sus manos y luego ya pasara a indigestar a otros.

A Mamá Lola eso le provocaba una diarrea emocional. Era muy estresante pasar de una joyería a una taquería de autor. Luego hasta le dio por exportar vainilla. Y la lista es enorme, pero eso ya es harina de otra masa. Lo que sí es que, para abrir un negocio, pues muchas veces se necesita un socio capitalista, o pedir dinero prestado, que es la misma gata pero, como a ti te gusta, revolcada. Nomás que cuando se opta por un socio, a los intereses del banco se les llama utilidades. De cualquier forma debes devolver más de lo que le ponen, no porque corrieron el riesgo de creer en una idea, sino porque tienen la seguridad del contrato que firmaste.

Salvador no solo dejaba a media marcha los negocios, también los pagos de los préstamos. Varias veces les embargaron la casa-taller. A Mamá Lola la sacaba de quicio que se llevaran los electrodomésticos. Imagínate, Rulfo, que apenas estés saboreando un hueso, ni siquiera nuevo, de segunda boca, y que llegue a quitártelo del hocico un perro abogado con un par de gatos cargadores. No me chingues. Y ustedes pueden enterrar los huesos, pero un radio no se puede esconder bajo tierra. No se oye. Eso traumó a Lola. Todavía casi cuarenta años después, cuando viví con ella, cada que tocaban la puerta seguía asustándose y escondía todo lo que podía detrás de sus libros. Aprendió que en los embargos nunca se llevan los libros porque no los pueden vender rápido.

Ese ritmo de vida terminó por reventar a Mamá Lola. Un día más que rogarle a Salvador que dejara de hacer sus locuras, le dio un ultimátum: Si vas a seguir haciendo tus negocios, mejor nos separamos. Salvador le dijo que no podía exigirle eso, que era como pedirle que se muriera. Haz de cuenta que yo, para dejarte seguir conmigo, te exijo que ya no ladres. Para Salvador echar a andar un negocio era algo instintivo, como respirar. Y nunca dio su garra a torcer. Lola tampoco podía seguir soportando la montaña rusa de embargos. Reflexionó como dice la canción: *¿Serán los dioses ocultos o serás tú? / Será una decisión mortal.* El tú se refiere a Salvador, claro. Y fue complicado elegir entre quien amaba y unos dioses cuya existencia casi siempre negaba. Lola escogió lo desconocido, sin embargo. Y se separó.

Les pidió a sus dos hijos que hicieran maletas porque se iban a Guadalajara. Y eso fue lo que originó las broncas con Hércules. Con mi papá no tuvo mucho problema porque a él nada le quitaba el sueño, a los siete años le daba igual quedarse dormido en los brazos de quien fuera. Pero Hércules, que ya tenía como quince o dieciséis primaveras, dijo que si se divorciaban él prefería quedarse con su papá. Eso hirió mucho a Lola. Salvador intentó lavarle el coco a Hércules, con eso de que le convenía irse con su mamá y que la provincia de Guadalajara era muy pintoresca y… Así le dijo él, Rulfo, era capitalino y ya ves lo que opinaban: Fuera de México todo es Cuautitlán. Los de ese pueblo bicicletero han de decir: Chinguen a su madre, chilangos. Los defeños cuando decían México se referían nomás al Distrito Federal. Pero ahora, lo que son las cosas, a muchos pueblos bicicleteros ya los engulló la zona metropolitana de la Ciudad de México. O sea, al final de cuentas los capitalinos se acabaron convirtiendo en aquello que menospreciaban. Brincos dieran, han de decir los de Cuautitlán, porque si fueran pueblo bicicletero no habría tanto esmog. Perdón, Rulfo, se me sale el complejo de provinciano marginal. O como dicen ahora los post-centralistas, mi trasfondo sociocultural de periferia autonegada.

Entonces quedamos en que la separación de sus padres produjo el primer conflicto en la relación de Lola y mi tío Hércules. Porque Salvador no logró dorarle la píldora de que le convenía acompañar a su mamá a Guadalajara. Al final Hércules se vino en contra de su voluntad. Del viaje dice mi papá que nomás recuerda a mi tío repitiendo que iba a regresarse a la Ciudad de México en cuanto fuera mayor de edad. Y Mamá Lola le contestaba que sí, que cuando cumpliera dieciocho años haría lo que él quisiera. Mientras tanto debía hacer lo que ella mandaba. Así aprendió Lola a imponerse a un hijo. Terminó de forjar sus carrilleras de Generala.

Sin embargo, cuando Hércules llegó a la mayoría de edad no se regresó a la capital. Se había enamorado. Pero andar de novio no hizo que disminuyeran los conflictos con Lola. Más cuando se enteró de que mi abuelo Salvador le había preguntado a Lola si podía mudarse con ella a Guadalajara, y que Lola le volvió a poner de condición que dejara sus negocios. Y él, igual de tercos los dos, insistió en que antes de dejar sus cosas prefería morirse. Tú has de creer que Salvador se había metido en otro lío y necesitaba huir del Distrito Federal. Y algo de razón tendrás. Pero sus problemas, más que financieros, eran de salud. La diabetes se le había complicado. Hércules sabía de la enfermedad, y cuándo se enteró de que Lola no lo aceptó de vuelta, se puso como loco y se fue de la casa.

Se arrejuntó con su novia. Ya en la casa de Gante. Y le habló a Salvador y lo invitó a mudarse con ellos. Le dijo que ya lo había platicado con Teresa y que les daría mucho gusto recibirlo. Contrario a lo que esperaba Hércules, Salvador se enojó. Le reprochó haber dejado a Lola por una calentura... Así le dijo, Rulfo, yo qué. E insistió en que su lugar estaba al lado de su madre, para apoyarlos y ayudarlos, a ella y a su hermano, mi papá. Y Hércules, enojado porque le había salido el tiro por la culata, pues le colgó. No esperaba que después de andar de ofrecidote, muy hospitalario, Salvador lo regañara por no acatar la orden de la Generala.

Mi tío también, no creas, era muy a toda madre pero bien orgulloso. Dejó de hablarle a sus padres. Al mío no, con él nunca perdió el contacto y cuando empezó a trabajar hasta le pasaba dinero de vez en cuando. Mi papá sí mantuvo el contacto con mi abuelo Salvador. Se escribían cartas, se hablaban por teléfono, incluso iba a visitarlo en vacaciones a la Ciudad de México. Mi papá hasta convivió con sus medios hermanos. No con Hércules, con los otros, los hijos del matrimonio que mi abuelo Salvador tuvo antes de andar con Mamá Lola. Ellos sí lo atendieron cuando se le complicó la diabetes. Le ayudaron con las medicinas y todo en la Ciudad de México.

Yo creo que mi abuelo Salvador no estaba muy a gusto allá. Tal vez le incomodaba ser cuidado precisamente por aquellos a quienes él había abandonado... Bueno, sí, la esposa fue la que le impedía verlos, pero de todos modos, insistió en buscarlos solo cuando estaba muy enfermo. Y uno de esos Salvadores, porque todos se llamaban igual, mi papá Salvador Luis, ellos Salvador Alfonso, Salvador Sergio y Salvador Ricardo, uno de la chaviza fue el que le avisó a mi papá. El Salvador padre se hizo una herida menor al bajar de un camión. La diabetes lo complicó. Le amputaron la pierna pero igual falleció. Todo pasó en menos de una semana. Mi papá le avisó a Lola y a Hércules. Los tres fueron al velorio y al sepelio. Ahí fue cuando Hércules le contó a mi papá lo del llavero de Sal. Y también volvieron a hablarse Lola y Hércules. Con miradas y monosílabos, si tú quieres, pero algo es algo.

A partir de la muerte de Salvador, ahí fue

cuando Hércules y Lola intentaron retomar el contacto. Fallaron. Cada que intentaban platicar volvía el reproche, aunque no fuera directo, de Hércules, de no haberle permitido quedarse en la Ciudad de México. Eso porque acá en Guadalajara ya había terminado con su novia Teresa, la única que tuvo. Si hubiera seguido con ella, capaz que hasta le agradece a Lola haberse mudado a Guadalajara. Pero como lo habían mandado a la chingada, yo creo que inconscientemente hasta eso reprochaba a Lola, no sé.

Ella tampoco cantaba mal las rancheras con su soberbia. Nunca superó el golpe de que su hijo biológico hubiera preferido vivir con su padre adoptivo. Mi papá dice que los reproches no se los hacían con palabras. Se los gritaban con miradas. Muy civilizados ellos. Además, a Hércules le pesó muchísimo la muerte de Salvador. A mi papá no tanto. Sí le dolió, pero había quedado bien con él, con una buena relación. Hércules al contrario, lo último que había hecho era colgarle el teléfono. Eso chinga los sentimientos. Magnificó esa última conversación, cuando Salvador le dijo a mi tío que su lugar estaba al lado de su madre y su hermano. A partir de ahí Hércules empezó a llevarle una vez al mes su sobrecito de billetes a Mamá Lola. Nunca de frente. Mi abuela no se los hubiera aceptado. Primero los pasaba así nomás por debajo de la puerta. Pero una vez llovió y se inundó. Los billetes se empaparon y entonces mi papá mejor le dio una copia de las llaves de la casa para que los dejara secos en la mesa.

Si Lola aceptó la lana fue por mi papá. Yo creo. Porque gracias al dinero de Hércules mi papá no tuvo que trabajar todo el día y entró a la Facultad de Ingeniería. Sola, Mamá Lola no hubiera podido apoyarlo. A Telégrafos de México no quiso volver a pedir trabajo para no encontrarse con Víctor, el padre biológico de Hércules. Y pues las únicas chambas que mi abuela conseguía eran de corto plazo. Ayudando en un puesto en un tianguis navideño, de cajera en una dulcería. Nada bien pagado ni mucho menos seguro. Sin contrato ni nada. Así que las mensualidades de Hércules sirvieron primero de beca universitaria para mi papá y luego de pensión para mi abuela. Y el que la transacción fuera a escondidas les caía bien a las conciencias de todos. No cualquiera lame las manos caritativas tan bonito como tú, mi Rulfo. Ahí tienes por ejemplo a quienes nos negamos a ser cursis con nosotros mismos y nos ocultamos tras preguntas autodestructivas como las de la rola: *¿Por qué uno quiere lanzarse desde lo alto / y al bajar buscar olvido? / ¿Por qué no puedo desgarrarme la piel / hasta lograr un vacío?*

Conforme íbamos acercándonos a la central camionera, ahí ya había muchos autos, pero casi nada de movimiento. Las calles estaban cerradas, con cuicos impidiendo el paso. El camión iba a vuelta de rueda. Hasta nos rebasaban las hormigas. Y luego lo que llamó mi atención fue a lo lejos una piedra gris grandota tirada en la banqueta. Nomás veía como la gente la rodeaba. Me impresioné porque pensé: Ha de ser un pedazo de escombro que voló de la explosión y cayó hasta acá. Al aproximarnos, fui reconociendo en la piedra una forma humana. Me dio el aire a una escultura francesa muy famosa, la del cuate dizque muy de Filosofía y Letras que está pachequeando con una mano en la piocha y todo. ¿Querrán transformar la Glorieta del Charro en la Glorieta del Vago? No tuviéramos tanta suerte. Cuando el camión avanzó un par de metros más, mis oídos confirmaron que no se trataba de una estatua. Era un señor de carne y bramidos. Empanizado en polvo. Con la mano sobre su boca, tratando de impedir que se le escapara el alma entre tanto grito.

Estábamos cerca de la central camionera, pero cada vez íbamos más lento. El chofer dio vuelta a la derecha para agarrar una calle secundaria intentando librar el embotellamiento. De nada sirvió el rodeo. Una cuadra después fuimos a parar detrás de una ambulancia que ni se movía. El chofer se bajó y fue a hablar con el colega que la conducía, luego regresó y nos dijo: Hasta aquí llegamos, revise su equipaje porque la

Línea Dorada no se hace responsable de objetos extraviados; muchas gracias por su preferencia y bienvenidos a su destino.

Como yo nomás traía una mochila, me bajé en chinga. Ahí el griterío de todos se oía más clarito: ¡Tráete las sábanas que tengas! ¿Ya apareció Jaimito? ¡Dicen que va a volver a explotar! ¿Quién tiene picos y palas en su casa? De la central camionera, la casa de Mamá Lola no está lejos, así que me lancé para allá. Pero no podía correr en línea recta. Como tus semejantes, Rulfo, que están todos descuadrados y corren de ladito. Había como una fuerza gravitacional, haz de cuenta el sol, o en este caso más bien un agujero negro, que nos atraía a mí y a la gente alrededor. Aunque mi cerebro mandaba la orden a mis piernas de que fueran a casa de Mamá Lola para confirmar si estaba bien, en realidad estaba corriendo hacía donde había explotado. Y no solo yo, todas las personas iban para allá. Nos jalaba ese magneto que no tiene llenadera. La flaca.

Detrás de mí descubrí al chofer y a los otros pasajeros del camión que también venían en chinga. La señora que empujaba la carriola me pisaba los talones. Varios me rebasaron sin necesidad de soltar el equipaje, y eso que las maletas no tenían llantitas ni nada. Hasta que de repente los de más adelante se pararon en seco. Y cuando los alcancé, yo también. Porque enfrente de nosotros había una escuela de dos pisos partida a la mitad. Nunca se me va a olvidar. Con partida por la mitad no te imagines que pasó de ser de dos pisos a tener uno solo, no seas mamón, pinche Rulfo. El corte no fue horizontal, sino vertical. Como cuando toman un cuchillo y rebanan un pastel. La explosión se comió la fachada y sabe cuántas aulas. Lo bueno que estamos de vacaciones, dijo la señora de la carriola al alcanzarnos. Te digo lo del cuchillo porque parecía un corte fino, una línea bien derechita partió el pizarrón, los mesabancos y el piso. Me acuerdo que pensé: ¿Y si hubiera habido niños?

Un pensamiento muy pendejo, Rulfo, porque después se confirmó que sí había niños. No en la escuela, pero sí en las casas que estaban igual de derrumbadas. Niños, adolescentes, adultos, ancianos. Y de nuevo me acordé de Mamá Lola. Pero de la impresión se me petrificaron las piernas. La calle se había convertido en una zanja, un río de escombros. En la otra orilla vi una ambulancia y unos paramédicos comunicándose por radio. De pronto, uno gritó por el megáfono: ¡Sálgase de ahí inmediatamente! Uno de los pasajeros había empezado a escalar por los escombros, supongo que quería atravesar a la otra acera para preguntar a los paramédicos en qué podía ayudarles. ¡Apúrese porque puede haber personas vivas! Continuó el del megáfono. Me aterré al imaginar la cantidad de gente que debía haber debajo de la avenida de piedras. Ayudé al pasajero regañado a regresar a la banqueta. Luego busqué con la mirada entre las ruinas tratando de reconocer alguna mano o alguien a quien socorrer. Solo distinguí el brazo de un sillón, una puerta de metal, la oreja de una taza y una llanta de bicicleta.

Escuché un gritó: ¡Ahí, ahí, ahí hay una bolsa! Giré y descubrí a la señora del celular señalando algo con su uña. A media calle, si se le puede llamar así a una cuenca de escombros, había efectivamente un bolso negro. El del megáfono dijo: Ya sabemos, por favor, no pisen nada, un compañero está en camino. La señora miró a su alrededor buscando al paramédico, pero como no se veía nadie, nos pidió: Traigan un palo para sacarla, hay que ver de quién es y avisarle a la familia. No sé por qué, pero en ese momento presentí, supe que Mamá Lola estaría bien. Yerba mala nunca muere. Y que en ese momento lo único que importaba era encontrar un palo largo para alcanzar el bolso negro.

Alguien trajo una varilla de metal de tres metros, de las que usan los albañiles para hacer castillos. Entre él y la señora del celular se pusieron a pescar el bolso. A mí nomás de ver, o más bien de imaginar, se me salieron las lágrimas. Empecé a reflexionar sobre el posible contenido del bolso: la pluma que no volvería a anotar el teléfono de un nuevo amigo, la agenda que solo serviría para comunicar malas noticias, el espejo que ya solo mostraría rostros desquebrajados. En eso estaba, llorando, cuando apareció un bombero. Supongo que era la ayuda que había anunciado el megáfono. Se puso a buscar, más que con los ojos, con los oídos, algún sonido que viniera desde el fondo de las piedras. Era como si el bombero trajera antenas. Con la mirada intenté seguir a donde sus orejas apuntaban.

Entre los escombros descubrí el letrero de una calle: Gante. Fue un trancazo en el estómago. De lo sofocado no podía ni respirar… Acuérdate que acababa de visitar a mi tío Hércules, cuando no me quiso prestar el dinero para irme a Canadá. Pues su casa estaba en esa calle. Nomás que no a esa altura, sino cinco cuadras más arriba, al Oriente, yendo para Tonalá. Arrastrando mis lágrimas y el dolor de tripas, corrí en dirección a su casa. Por lo alterado que estaba ni supe cuándo me metí entre los escombros, hasta que me lo hicieron notar con excelsa precisión: Pendejo, salte de ahí, cabrón, quítate a la chingada. Me salí de la zona lo más rápido que pude y, para no volver a cometer el mismo error, preferí correr por una calle paralela, la de Los Ángeles, hasta llegar al cruce con Analco, con la que casi hacía esquina la casa de mi padrino.

Aunque ahí había menos gente estaba más

organizada, sacando escombros en cadenita, pasándoselos de mano a mano. Tendría que haberme puesto a ayudarles. Pero me eché un clavado a las piedras, valiéndome madre que me gritaran mis verdades. Las explosiones habían tirado la casa de mi tío. Cuando trataba, sin éxito, de levantar un pedazo de cemento para ver debajo, alguien llegó por atrás y me abrazó. No se trató de un abrazo compasivo, o sea, sí me pedía que me calmara, pero más bien quería sacarme de ahí. Al final hasta me cargó mientras yo pataleaba del coraje. Una vez afuera de la cuenca, me pasaron de brazo en brazo de una persona a otra, en la misma cadenita, como si fuera una piedra más en ese río desgraciado. Fíjate, Rulfo, qué ironía, Guadalajara, en su etimología árabe creo que significa: río entre piedras. Y todos haciéndola de guardacostas, o más bien de guardacostras, porque la herida de la ciudad ya estaba abierta. Me dejé naufragar de mano en mano hasta que me depositaron en las faldas de una montaña de desechos apilados. Al lado de esa pirámide de escombros alcancé a ver cómo le vendaban la cabeza a una señora. Quizá tarde, había demasiada sangre y no escuché lamentos.

Volví la vista a la pirámide de escombros y con la mirada empecé a trepar los escalones. A un metro de altura descubrí, aplastado entre los restos de un mueble de madera, perdóname, Rulfito, por lo que ahora te cuento, un pedazo del cadáver de uno de los tuyos… Tranquilo… No estoy seguro de que fuera el Caifán, porque estaba mochado, solo quedaba la mitad trasera. Por el color y el tamaño de las dos patas inertes y la cola colgante, me vi obligado a creer que sí era él… Rulfo, no corras, chingado. ¿Y 'ora a quién le sigo platicando? Ni aguantaste hasta el final de la rola: *¿Por qué uno se retuerce entre rincones / mirando al cielo en busca de alguien?* Pero no tardas en volver de arrastrado, y ahí voy a andar yo de imbécil rascándote las pulgas. Pinche Rulfo, nos conozco.

10. EL ELEFANTE

El otro día pude hablar / con el sabiondo paquidermo. / Muchos secretos me contó / pero uno solo quiso ver y fue volar / volar y volar / hasta llegar, a la nada / bajo el sol.

Calma. No necesitas elevarte más. Descansa y no temas. Ya no muerdo, apenas ladro... ¿Que cómo me llamo? Chucho, Solovino, Caifán. No importa. Los nombres son otras correas. Tú eres éste y tienes prohibido ser aquél. Así intentan separarnos, domesticarnos en sus recuerdos. Pero ahora tú también puedes salvarte de eso... Si en verdad quieres saber lo que te pasó, yo como testigo no tengo derecho a ocultarlo. Más porque en mi caso nadie me explicó y tuve que averiguar yo mismo. Lo que a mí me regresó a la conciencia fue un llanto. La sed de lágrimas.

Me elevé desde el fondo de los escombros y descendí por mis propias ruinas hasta llegar junto a él. Inmediatamente lo reconocí. Era el humano atrapado en el nombre de Chava que nos había visitado el día anterior. Lamí sus mejillas todo lo que pude hasta que finalmente se levantó. Fui detrás de él hasta un teléfono público. Marcó un número y echó una moneda. Luego colgó. Un bombero le dijo: No sirven, colapsaron las líneas telefónicas. Pero debo avisarle a mi papá que explotó la casa de mi padrino. Aullé con todas mis fuerzas. El bombero no me escuchó y continuó: Las líneas se saturaron por lo mismo, todo mundo quiere encontrar a alguien. Yo también. En lo que Chava se sentaba en la banqueta a llorar de nuevo, empecé mi búsqueda. Me asomé a la calle y descubrí una zanja enorme llena de escombros, la explosión había arrojado los automóviles a las azoteas de las pocas casas que quedaban de pie, faltaba la nuestra. Creí que gracias a mi olfato podría encontrar a Hércules, pero tenía la nariz congestionada por tanto polvo y lo único que alcancé a oler fue la misma gasolina de las últimas semanas. Chava se levantó y echó a correr, entonces pensé que lo más sensato era perseguirlo, quizá él sí podría encontrar a su tío Hércules.

Llegamos hasta un edificio donde había una enorme fila de humanos. Chava se formó al final y me senté junto a él. Se puso los audífonos, sintonizó una estación de radio y empezó a referir lo que escuchaba a quienes estaban delante de él: Que sigue habiendo estallidos en diferentes zonas de la ciudad ... que una aceitera tiró combustible en el drenaje y por eso reventó el alcantarillado... que las autoridades pidieron a los vecinos evacuar, pero no hicieron caso. Se oyeron varios insultos contra el gobierno. Después de veinte minutos en la fila, apenas avanzamos medio metro. La gente estaba desesperada y comenzaron a gritar tanto que Chava no logró entender a la locutora. Se quitó los audífonos. Los de la fila exigían un servicio más rápido. Un señor salió del edificio y chifló hasta que todos se callaron: Mejor vámonos a rescatar personas, van a tardar una semana en que les toque su turno, pusieron a trabajar a una anciana que parece tortuga. Hubo exclamaciones de furia, pero nadie abandonó la fila.

Del edificio salió otro señor y levantó ambas manos: Paciencia, por favor, don José es el único de los colegas carteros que también sabe usar el telégrafo, ya debería haber regresado de su recorrido hace dos horas; en lo que eso sucede, hemos encontrado una solución para cumplir con el compromiso que tenemos con ustedes y ofrecerles el servicio que se merecen; una antigua colega se ha ofrecido solidariamente de voluntaria para apoyarnos en lo que regresa don José o nos mandan a alguien más; solo les pido tenerle consideración porque aprendió el oficio hace muchos años y los formularios para telegramas que ella conocía dejaron de imprimirse hace algún tiempo, nuestra colega no está familiarizada con los aparatos tan modernos que tenemos, así que hay que dictarle los mensajes despacio; y no olviden que gracias a los esfuerzos de nuestro Sindicato se renovaron las instalaciones en... Ahí irrumpió otra rechifla general. Chava se coló hasta el principio de la fila y se asomó al interior del edificio. Sonrió y le volvieron a brotar un par de lágrimas. Ahora fue él quien levantó los brazos y habló alto: ¡Esa voluntaria es la telegrafista más chingona del mundo, además de ser mi abuela! Pero tiene razón el pinche pendejo que le dijo tortuga; no podemos perder tiempo cuando hay gente que sigue esperando que la rescaten; aquí traigo mis *walkman*; voy a pasar a grabarlos pero no echen verbo, nomás digan nombre y domicilio del remitente y el destinatario y que el mensaje sea breve, cuando mucho diez segundos.

El señor del sindicato se apresuró a corregir a Chava: Para que el telegrama sea ordinario, tienen que ser máximo quince palabras, si no sale más caro; en lo que el joven pasa a grabarlos, a mí me van pagando lo del envío, la palabra extra sale a cien pesos. Arreció una rechifla de nuevo, pero Chava gritó: ¡Silencio, por favor, para que se oiga lo que quiere enviar la señora! A continuación, cada persona le dictó un mensaje. Rigoberta Garduño para Licenciado Anguiano, Avenida México número dos tres dos, Tepic: Hola Licenciado, bodega pérdida total, mande Rodolfo y camioneta para ayuda, Ramiro y Doña Perla fallecidos, saludos y cuídese. De Gabriela Macías para Olivia Macías, Calle del Paisaje número tres, Querétaro: Niños y yo bien, falta Rómulo, encontrámoslo y vamos contigo, te quiero. Jacinto Dávalos para María Rodríguez, Hotel Paraíso, habitación veintiocho, Colima: Urgente no regresen, casa dañada pero yo bien, voy para allá próximamente, no preocuparse ni ver noticieros, besos. De Josefina Íñiguez para…

Ahora sí la fila avanzó más rápido. En menos de veinte minutos Chava los había grabado a todos. Entró al edificio de telégrafos. Apenas si se miraron él y su abuela, ni se abrazaron ni sonrieron. Chava inmediatamente rebobinó la cinta, la dejó correr y le puso pausa, dándole tiempo a su abuela de que pulsara el primer mensaje en clave morse. Después de media hora de estar transmitiendo telegramas, un nuevo cliente entró al edificio: Buenas tardes, quisiera enviar un mensaje urgente. Chava le contestó: Ahorita no se puede, no voy a grabar encima de los mensajes de las otras personas, mejor váyase a ayudar y regrese en una hora a ver si ya... El señor del sindicato lo interrumpió: Cómo de que no, ahorita le enviamos su telegrama, caballero, nomás escríbalo en esta hoja y dispénsenos la grosería del joven, es su primer y último día, está aquí nomás por la contingencia, no vaya usted a creer... Ahora fue la abuela quien interrumpió: Mi nieto tiene razón, dícteme el mensaje y lo mando ahorita mismo para que no pierda más tiempo y se vaya a ayudar, ¿nombre y dirección del destinatario?

El caballero sacó una libreta y empezó a dictar. Entendí que el telegrama iba dirigido a un periódico en la Ciudad de México, pero no pude escuchar a cuál. El del sindicato me distrajo porque llevaba en voz alta la cuenta del número de palabras que decía el caballero. Primera explosión diez a eme en calle Gante y Veinte de Noviembre, coma, Oeste a Calzada Independencia y Este a Quinta Velarde, punto, trece Kilómetros en tres minutos, punto. Veinticuatro palabras. Más estallidos once a eme en calle Jarauta y Lázaro Cárdenas, punto, siguen botando tapaderas alcantarillas distintas zonas de ciudad, punto. Cuarenta palabras. Desalojan colonias, dos puntos, Mexicaltzingo, coma, Valle del Álamo, coma, Nogalera, coma, Zona Industrial, coma, Ferrocarril y Morelos, punto. Oiga ya van más de cincuenta, le va a salir caro. Pemex niega sea su Nogalera responsable, punto, autoridades inician investigación de aceitera La Central por verter gas hexano en drenaje, punto, ejército anuncia plan

DN3, punto. Entre setenta y ochenta. Reportes oficiales estiman entre cincuenta y cien decesos, abre paréntesis, signos finales de interrogación y exclamación, fácil será más del doble, cierra paréntesis. Ojalá que usted se equivoque, noventa palabras. Conferencia de prensa gobernador declara, dos puntos y abre comillas, seguramente los habitantes de esta zona fueron advertidos pero, coma, así como a los niños se les dice no te subas a la barda y desobedecen... Qué mentiroso, póngale que no es cierto, señora, no dijeron nada, ni modo que sabiendo hubiéramos permitido que don José saliera a repartir cartas por el barrio. El periodista continuó con su mensaje: Gobernador anuncia llegó presidente República y en próximas horas harán recorrido zona siniestrada, punto, rescatistas voluntarios protestan entrada maquinaria pesada remover escombros, coma, posibles sobrevivientes debajo, punto, miles heridos, coma, hospitales saturados, punto, cadáveres trasladados a domo de básquetbol en Avenida Alcalde, abre paréntesis, iniciales en mayúsculas ce o de e, cierra paréntesis. Eso sería todo, ¿cuánto va a ser? Ahorita le digo, perdí la cuenta de las palabras por la impresión, no creí que la cosa fuera tan grave. ¿Cuánto le debo? La abuela de Chava dijo: Yo pago el envío, usted váyase a seguir trabajando, nomás faltaría el nombre del remitente. Héctor José Escamilla Castro, para servirle.

Una hora y media después terminaron de transmitir los mensajes que Chava había grabado. Luego la abuela le pidió a su nieto que se fuera a casa, porque ella aún debía hacer algo. Chava se negó y le pidió permiso para acompañarla. Como no pasaba el transporte público, tuvieron que caminar cerca de una hora hasta el domo del CODE. Cuando llegaron ya había anochecido y no los dejaron ingresar: Vuelvan mañana. Chava y su abuela no eran los únicos intentando saber si entre los muertos encontraban a sus familiares. Más personas estaban sentadas en la banqueta, decididas a pasar ahí la noche, o el tiempo necesario, hasta que les permitieran el acceso. A quienes vivían en la zona siniestrada tampoco les había quedado casa a dónde dirigirse.

Una mujer de aproximadamente cincuenta años, acompañada de tres adolescentes, pasó entre la gente repartiendo cobijas. Chava la reconoció, se levantó y fue a recriminarle algo de unos boletos falsos. La mujer le gritó que se callara, que la tragedia era verdadera y el frío muy cruel. Al ver a uno de los tres adolescentes dándole un cobertor a su abuela, Chava guardó silencio y regresó a su lado.

A un perro fantasma es imposible impedirle la entrada a ningún sitio. Flotando atravesé las paredes y en la cancha de baloncesto descubrí hileras de cadáveres humanos. En esa morgue improvisada olfateé el rastro de Hércules. Pero entre esos cientos de cuerpos abiertos y desmembrados no encontré los restos de mi único amigo. Hubiera querido que pusieran cobijas sobre esos difuntos, para protegerlos del frío, las moscas y el olvido. Ya era la madrugada cuando salí de ahí y regresé a la calle de Gante. Las grúas se habían llevado casi todos los escombros. Supe que me sería imposible encontrar los despojos de Hércules, ignoro si los tiraron en algún vertedero. Quizá están junto con los míos, enterrados bajo el asfalto de una calle nueva, esa que tanto presumió el gobierno felicitándose por lo bien que reaccionó ante la emergencia. La misma calle en la que ahora también yaces tú, del otro lado. Venías corriendo asustado, el conductor de la pipa de gasolina te vio, pero ni siquiera intentó frenarse. Él conduce un vehículo oficial y tú eres solo un perro. Espera, mejor mírate una última vez ahí abajo pegado al asfalto. Aprovecha que aún conservas tu forma. A ti tampoco te cubrirán con una sábana.

Ladra. Aúlla todo lo que puedas.

Y ahora escucha: De Javier Olea para Erika Abundis, Avenida México número trescientos uno, Chapala: No regresen, se cayeron la casa y la escuela, llevaron a tu hermano a Cruz Roja pero nada grave, besos a las niñas y saludos a suegros. De Liliana Amezcua para Armando Íñiguez, Calle

Abasolo Oriente número once, Tamazula de Gordiano: Armandito difunto por explosiones, no le digas a mamá, ven a ayudar con velorio y entierro, en paz descanse. Son otros de los telegramas que algunos sobrevivientes grabaron hace tres décadas. Mira cómo, mientras los reproduce la grabadora que Chava ha dejado encendida en su puesto de libros usados, el vendedor de películas, la tatuadora y varios visitantes del tianguis recuerdan la tragedia del veintidós de abril de 1992. Se les humedece el alma. A Chava no. Él está buscándote.

No te preocupes, no te encontrará. Tus rasgos ya han sido borrados por los neumáticos de ocho vehículos. De tus restos queda apenas una estampa incómoda en la carretera más pulcra. La peste corrupta es menos volátil.

Ahora que sabes cómo nos mataron ¿seguirás domesticado en su memoria?

Después de tanto reclamar / bajó su trompa y se echó al suelo / y se fue, se fue / de su jaula, hacia a la nada / sobre la luna.

11. AMÁRRATE A UNA ESCOBA Y VUELA LEJOS

Ah, qué pinche Rulfo tan mal domesticado. Ya sé que te vale madre lo que te estoy contando, pero mira que abandonarme a media plática. Antes sí, te las dabas muy de perrito faldero. ¿Y ahora? Te vas corriendo detrás de la primera dálmata que hueles. Lo bueno es que todavía tengo mi orgullo. Ni creas que te voy a estar rogando, pegando cartelitos de "Se busca" en todo el barrio. Además ni puedo, nunca te saqué una foto. Estaría ahí nomás recargado en el poste con una camisa como la de aquel caricaturista, Falcón, así de: "Aquí tienes a tu baboso", esperando que te dignes regresar para seguir con mi rollo.

Ni creas que soy tan leal. Más bien me

parezco a los diabéticos como mi abuelo, que les amputan una pierna y la siguen sintiendo. Ha de doler un chingo, pero el cerebro, en un mecanismo de defensa para distraer la atención del sufrimiento, hace como si siguiera ahí, emite señales nerviosas para que dé un paso y todo. Pues yo igual contigo, ingrato, ni te emociones de que vas a abandonarme así de fácil. Aunque te harte, yo sigo platicándote estés donde estés. Si me pelas o no, es tu pedo, no el mío. Malagradecido.

Es más, salí ganón porque ya no me vas a interrumpir con tus pinches ladridos tan desafinados. El entonado era el Caifán, no se te olvide, capaz de afinar la guitarra de mi padrino. Pero ¿tú? Ni gusto musical tenías. Te largaste sin disfrutar la mejor rola del disco: *Aunque no te importe nada / la vida de un delfín / nadarás a fin de siglo en tu pecera.*

Es que, Rulfo, si te vale madre la gente que te rodea, nunca vas a liberarte. Por más que corras permanecerás encerrado dándole vueltas a tus propios problemas, viviendo en un acuario diminuto, sin llegar a imaginar las profundidades del océano. Te lo digo por experiencia propia: sigo sin poder desatarme de mi abuela. Ya sé que en este punto hubieras aullado, recordándome que Mamá Lola era precisamente la gente a mi alrededor y que por supuesto que me importaba. Igual que mi padrino. Pero siempre me ha faltado ver un poquito más allá. Comprometerme, arriesgarme por aquellos con los que a primera vista no comparto recuerdos.

Ahí está como ejemplo lo que hice a partir del 23 de abril, el día después de las explosiones. Haber sido menor de edad no me sirve de pretexto. Como tenía quince años, no me dejaron ingresar al CODE. Mamá Lola entró sola a buscar entre los cuerpos que habían trasladado, para ver si identificaba el de su hijo. Yo la esperé afuera, envuelto en una cobija. Ella salió media hora después, con el rostro consumido y la piel pegada a los huesos, como si la hubieran disecado viva. Luego me abrazó, por primera vez en la vida. Sin verter ninguna lágrima, pero apretándome con excesiva fuerza, como si quisiera que yo las derramara por ella. Imagino que habrá llorado bastante dentro del edificio. Aquí no está, susurró. Dicen que ya trajeron a todos, yo voy a la calle Gante a buscarlo y tú te vas a la oficina de telégrafos; después transmito los mensajes que grabes, ¿traes dinero para que almuerces? Debí haber exigido que me dejara acompañarla, pero la verdad me dio miedo regresar a aquellas calles destripadas. No temía otra explosión, sino la vista de esas montañas de restos, de piedra y carne. El Caifán no fue el único despedazado. Sí, traigo dinero, le contesté. Aún me quedaba algo del empeño de la pistolita de oro. Y me fui a telégrafos como tú, sin despedirme y corriendo.

Como las líneas telefónicas dejaron de estar saturadas, ese día ya nadie quiso usar el telégrafo. De todos modos me dejaron estar ahí en la oficina, como quien dice de encargado. Los empleados se fueron de rescatistas porque tenían un colega cartero que no había aparecido. No me quedó de otra que ponerme a escuchar el radio. Me acuerdo que me enojé porque dijeron que el presidente estaba visitando la zona siniestrada. Como si se tratara de una pinche atracción turística, ¡visitando! Después el gobernador se lavó las manos. Declaró que el presidente municipal era el responsable de no haber activado el protocolo de evacuación. Una hora después culparon al cuerpo de bomberos por haber ocultado el riesgo de explosividad a pesar de los muchos reportes de olor a gasolina que recibieron el día anterior. Y así siguieron durante las próximas semanas, meses, años, décadas. Pasándose la culpa unos a otros hasta que ya nadie supo dónde quedó la bolita.

Al principio sí, cuando se exigió juicio político al gobernador, lo obligaron a pedir licencia. Lo mismo al alcalde, hasta fue a parar al bote junto con otros funcionarios del SIAPA y de PEMEX. Porque se comprobó que hubo negligencia. O sea, los cabrones supieron que había un derrame y no era de la aceitera La Central, a esa querían colgarle los muertitos. Fue un gasoducto de PEMEX el que se chingó. Durante tres semanas el combustible se estuvo fugando al subsuelo. No creas que ahí nomás un chorrito, cientos de miles, como tres millones de litros, no se me olvida cuando leí la cifra en el periódico. Y ¿qué hicieron los pendejos? Quisieron echarle agua a la discre, para que se diluyera, como si se tratara de café al que hay que quitarle lo cargado. No sé qué chingados pensaron. Creyeron. No se puede decir que pensaron.

El agua vertida lo único que hizo fue ayudar a que el gas se expandiera por el drenaje de la ciudad. Por eso las ratas y las cucarachas estaban huyendo del subsuelo, todas asfixiadas. Por lo mismo empezaron a botarse las tapas de las alcantarillas. Y luego que las abrieran, se las compro, a lo mejor nomás querían saber qué estaba pasando allá abajo, pero como si no se hubieran enterado, lo único que consiguieron fue que el aire, el oxígeno, entrara en contacto con el combustible. Ahí ya nomás fue cosa de que, a las diez de la mañana con nueve minutos, ve tú a saber si cuando mi padrino rasgó las cuerdas de su guitarra con su llavero de Sal, cuando la llanta trasera de la bicicleta de un cartero rebotó en un bache, o cuando el Caifán se quiso quitar unas pulgas del lomo y se rascó con demasiada fuerza, lo que haya sido, la chispa más inocente, esa hizo estallar la bomba de negligencias acumuladas.

El agua que echaron a las alcantarillas nomás les sirvió para lavarse las manos. Más tardaron en hacer su numerito de detener a algunos funcionarios que en sacarlos de la cárcel. Luego nomás dejaron que se enfriaran las cosas unos añitos e hicieron como si todo se hubiera olvidado. Algunos de los presos hasta regresaron a cargos públicos; como si los recompensaran por haberse sacrificado un par de meses en el tambo. Alegaron ser blancas palomitas y chivos expiatorios. Para mí son fauna menos exótica.

¿Y qué pasó con nosotros? Porque no voy a hablar nomás de los demás. Bueno, un poquito. Total, a lo mejor sirve de algo que les zumben los oídos. Hubo unos que sí, mis respetos, aunque mi admiración les valga madre, pero unos sí hasta siguen manifestándose. Los damnificados. Hubo como tres mil que se mudaron a los albergues porque se quedaron sin casa. Ellos fueron los que exigieron cuentas. Se fueron a plantar a la esquina de los cuicos, afuera del Palacio de Gobierno, donde Lola recibió la noticia del asesinato de su papá.

Esa presión fue la que obligó al gobernador a pedir licencia y a que entambaran a unos cuantos, aunque sea un ratito. Pero si no se manifiestan, ni eso. También consiguieron comprometer a las autoridades con la reconstrucción de la zona y el pago de indemnizaciones. Hubo quienes perdieron las piernas. Otros tuvieron lesiones que les impidieron regresar al trabajo, con la espalda deshecha porque les había caído el techo encima. Ellos necesitaban pagar los tratamientos médicos. ¿Cuál pinche seguro social, popular o lo que sea? Además, luego debían acondicionar donde fuera que regresaran a vivir. A los que tenían lesiones graves les esperaban años, lustros, quizá toda una vida de rehabilitación. Y nomás te estoy hablando de lo relativo a los sobrevivientes, porque a los deudos no hay forma de repararles el daño. Mucho menos a los muertos. Lo mínimo sería hacer justicia, que paguen los responsables.

Y no hablo de lo económico. Aunque ni siquiera en eso se logró. Porque cuando el peritaje determinó que sí hubo un derrame de PEMEX, pues ahí ya se vieron obligados a hacer un fideicomiso, de ve tú a saber cuántos millones de pesos. No importa la cantidad porque al final de cuentas la lana nunca llegó, igual que el combustible: se les fugó en el camino. Son unas pinches cloacas sin fondo. Me imagino a la tía Licha vomitando a Lázaro Cárdenas en el infierno: ¿Para eso querías expropiar el petróleo? ¿Para que los pendejos de PEMEX la regaran? Ya sabes lo que significa la PE de PEMEX, Rulfo: pendejos. Recuérdaselos cada que veas una pipa de gasolina con esas iniciales. Se creen intocables por ser una paraestatal, pero tú reviéntales los tímpanos. A todos. Ningún empleado chistó cuando dejaron libres a sus jefes, para mí eso implica que la institución completa es cómplice. Así que cuando los veas pavoneándose por las calles, muy quitados de la pena, tú ládrales con ganas para que no se olviden del crimen que cometieron.

Porque la memoria nos falla. A los damnificados no, ¿a ellos cómo? Siguen manifestándose cada veintidós de abril desde hace treinta años. Por más que una vez… ¿te acuerdas del hijo de la vecina, el judas con chamarra de cuero que yo confundí con el vocalista de los Caifanes? Pues él fue de los que mandaron a disolver el plantón de afuera de Palacio de Gobierno. Me lo contó Mamá Lola. A mí no me dejaba ir, por eso de la minoría de edad, pero a ella le sobraban años. Y coraje.

Me platicó que cuando el cabrón la reconoció, el culero se dio la vuelta y se fue a repartir macanazos en otra dirección. Me gustaría pensar que a la larga los chingadazos se los puso a él mismo. Pero no hay justicia divina. Ni siquiera poética. Porque yo podría escribir un libro donde a la mamá de ese policía judicial la atropella una pipa de gasolina de PEMEX y queda ahí embarrada en la carretera, irreconocible después de que le pasan por encima ocho vehículos. Pero no. ¿Qué sentido tendría inventarme eso? La verdad es que cuando cambió el partido en el poder, no importa cuál, ninguno ha logrado que PEMEX pague todas las indemnizaciones, al hijo de la vecina le quitaron la placa, pero no como castigo por apalear civiles, sino para darle otra charola más brillosa. Porque, como le hacen cada sexenio, nomás le cambiaron el nombre a la Policía Judicial. Es la misma vaca, pero revolcada. Reinstalan a los mismos culeros y los premian con aumento de sueldo, sus prestaciones de ley y privilegios fuera de ella.

También podría mentirte, decir que Mamá Lola no faltó a una sola manifestación y siempre estuvo ahí en la primera fila. Pero no, con el tiempo dejó de ir. Por fortuna otras personas siguen asistiendo. Ella tuvo que pararle. Te digo que tenemos la memoria descompuesta. A veces la orillamos a que falle y dejamos que el carrete expulse la cinta de recuerdos. Mamá Lola y yo, por ejemplo, después de las explosiones ya ni nos acordábamos de odiarnos. Ni nos quedaba energía para reclamarnos nada. Cuando se dio cuenta de que le había robado la pistolita de oro de mi abuelo, nomás me preguntó que qué había hecho con ella. Y cuando se lo confesé, en vez de regañarme sacó una pluma de plata que tenía escondida en otro abrigo y me pidió que fuera a empeñarla. Con el dinero compró latas de atún y leche en polvo y las llevó a un albergue para damnificados.

Después de las explosiones yo creía que mis padres me iban a mandar dinero para que los alcanzara en Estados Unidos. No podían venir por mí, porque no tenían la seguridad de que pudieran volver a cruzar conmigo la frontera de regreso a Houston. Aunque nunca lo hablamos, supongo que mi papá prefirió dejarme con Mamá Lola un tiempo más. Porque sin Hércules, ella ya no tenía a nadie en Guadalajara. No me molesta que no me lo hayan preguntado, de todos modos en mis adentros yo había decidido quedarme. No sé bien por qué. No te voy a decir que tenía esperanzas de encontrar a mi padrino. Para nada. Porque, después de que las grúas entraron a limpiar la zona, no tardaron en pavimentar de nuevo.

Las cifras oficiales cuentan 210 fallecidos. Sus nombres ahí están pintados en una barda. El gobierno no quiso invertir para que el memorial tuviera un acabado distinto al de la propaganda electoral. Se trata de un par de brochazos que en vez del logotipo del Partido reproducen la imagen de la virgen de Guadalupe. Ha de haber sido un político centralista el que se aventó el diseño. ¿Por qué no escogió a la Generala?... No, Rulfo, a mamá Lola no. Tampoco se trata de atormentar más a los vecinos. La otra Generala, la virgen de Zapopan, porque en la zona ella es más venerada que Lupita. Aunque lo mejor hubiera sido no poner nada religioso ¿no que muy laicos? Quizá murieron personas de otros credos. O como Hércules, que aceptó ser mi padrino nomás porque mi mamá quería bautizarme a huevo, pero él era ateo. Dudo que le hubiera reconfortado alguna imagen religiosa, tampoco a mi abuela. Pero bueno, el nombre de mi tío ni está en esa barda. Así como tampoco el de muchos otros. Los rescatistas dijeron que hubo cientos de víctimas que no alcanzaron a sacar por la prisa con que metieron las grúas. Jamás se sabrá cuántos fueron. Y aunque hubiera sido uno solo. Son chingaderas.

Como a partir de las explosiones ya no recibió el dinero que Hércules le llevaba mensualmente, ni los envíos de mi papá eran suficientes, entonces Mamá Lola comenzó a empeñar más cosas. Pero tampoco alcanzaba. Mamá Lola y yo tuvimos que arreglárnoslas para pagar la renta, sus jericallas y mis lonches de jamón. Porque yo no era el único delantero estrella, el sistema de jubilación mexicano le metió un chingo de goles a mi abuela. Ni pensión, ni nada de nada tenía. Lo mismo que a mí me espera. A lo mejor la necesidad de conseguir lana hizo que Mamá Lola no pudiera ser más solidaria, apoyar más las reuniones de damnificados, no sé. No vale como pretexto, porque otros sí pudieron y en peores situaciones.

Lo que nosotros hicimos para subsistir económicamente, y al principio Mamá Lola le sufrió mucho porque no quería deshacerse de sus colecciones, fue entrar al negocio de la venta de libros usados. Así hice mis pininos, Rulfo. Desde el primer día supe que no nos haríamos millonarios, pero tampoco era ese mi objetivo. Tuve que empezar a leer. Hay que conocer el producto para poder recomendarlo. Y me gustaba discutir los precios con Mamá Lola. Ella siempre valuaba todo demasiado caro, sobre todo las novelas que le gustaban. Se resistía a venderlas. En esos casos, yo la convencía de que era mejor rentarlas. Así de: Esa novela te la dejo en tantos pesitos, pero la regresas en una semana o si no, te cobramos un recargo. No creas, todavía hace diez años la gente leía un chingo. Le entraba a las novelas, de vez en cuando a las telenovelas, pero ahora ven puras memelas. Se ha puesto muy dura la competencia por atrofiar células grises.

Con todo y eso nos iba bien en el negocio. Claro que sin las remesas de mis papás no hubiéramos sobrevivido ni dos meses. Pero luego hasta nos hicimos de cierta clientela muy fiel. Y ahí yo saqué la herencia de mi abuelo, según yo muy emprendedor. Diseñé un plan para abrir una librería con cafetería, incluso ubiqué un local, me informé en cuánto salía la renta y todo. Le presenté el proyecto a Mamá Lola, con plan financiero desglosado y hasta un nombre pegadizo. No te lo digo porque luego me lo pirateas y todavía sueño inaugurarlo algún día. A Mamá Lola no le gustó la idea. Me dijo con los ojos: Estás pero si bien pendejo.

A partir de ese día mi abuela me obligó a regresar a la secundaria y después a cursar la prepa. Luego trato de convencerme de que me inscribiera a la carrera de Químico Farmacobiólogo. Decía que era una profesión con futuro y que siempre encontraría trabajo. No sé de dónde sacó esa idea. A lo mejor porque pensaba que si Licha hubiera aceptado la botica que le quería poner Lázaro Cárdenas, otro gallo le habría cantado en la vida. O tal vez porque sabía que en este mundo sobran enfermos. Siempre habrá demanda de medicinas. Pero la farmacéutica no era lo mío, me fui tres veces a extraordinario en química.

De todas formas Mama Lola me estuvo picando la cresta hasta que le cacareé en su cara la orden de pago de la Universidad de Guadalajara: Ahí está, pues, para que ya no estés chiflando. No le dije eso, me desinfla la cabeza si se lo digo. Tuve mucho cuidado en no permitirle leer todos los papeles del trámite. No porque tuviera miedo de que encontrara faltas de ortografía, sino para dejarle la sonrisa bien acentuada. Porque a la mera hora la carrera que escogí fue Filosofía y Letras. Mi abuela, de la alegría, ni cuenta se dio del chanchullo. Me abrazó y un mes después hasta me deseó buena suerte para el examen de admisión. Y seré todo lo pendejo que quieras, pero salí en listas. Imagínate el nivel que traía la competencia.

Desde el primer semestre supe que debí haber escuchado a Mamá Lola. Me enfadaban las clases. Nos dejaban analizar novelas que ya había leído y platicado con mi abuela y con menos palabrotas, o sea, lenguaje especializado. Decían: Analepsis, Prolepsis, Metalepsis… mejor tráiganse las pinches Pepsis, para que puedan tragarse la papa que les quema ese hocico tan mamerto. Me tocó puro compañero pepón, Rulfo. Lo que sí, se hicieron buenos clientes, nomás de eso me sirvió la carrera trunca. Porque no les gustaba leer en fotocopias. Preferían rentarme el libro usado y gastarse su exceso de lana en alguna cantina, muy bohemios ellos. Eso me convenía porque las chelas no se alquilan, son de un solo uso. Así que yo les surtía la lista de útiles escolares. Y hasta eso, era interesante ver cómo me los regresaban. Subrayados de baba en las páginas más emocionantes, porque los humanos también sacamos la lengua cuando nos impresionamos. También donde se narraba una escena erótica, encontraba lágrimas embarradas. Olían a sal, no podía ser otro fluido. Tampoco faltaban los dobleces en las páginas, de cuando no tenían un separador a mano. Luego yo ahí medio los planchaba y secaba, así nomás con la mano y soplando, por eso te digo que sabía a qué apestaban, no creas que era como tú, desviviéndote por olfatear ajenidades.

Mamá Lola ni se las olió. Que me había metido a Filosofía y Letras. Nunca supo. Con la edad y el dolor, poco a poco se fue encerrando en su mundo. Dejó de ir a las manifestaciones. Yo hice huelga de Caifanes. Renuncié a escucharlos porque me recordaban a mi padrino y me dolía mucho. Aunque desde que Marcovich se salió de la banda, la ausencia de su guitarra también me lastimaba. Y al nombrecito ese que luego se pusieron: Jaguares, le faltó garra. A nadie le latió, ya ves que se tuvieron que regresar al de Caifanes. Pasaron como seis años sin que Mamá Lola dijera una sola palabra de mi tío. Después, de vez en cuando suspiraba: Se me hace que Hércules sí murió. Yo no le contestaba. Podría haberle dicho: ¿Cómo sabes, abuelita? A lo mejor esta noche llega con el Caifán y te traen hasta serenata. Pero no. Me quedaba en silencio. Lo mismo cuando la encontraba dando golpecitos en clave morse en los muebles. Sabía que intentaba transmitir mensajes a su hijo. Quizá rogándole que viniera para poder reconciliarse.

Cuando entré a quinto semestre de la carrera, entonces le dio el derrame a Mamá Lola. Tendría unos… ¿cómo te digo para que me entiendas? En años caninos era quinceañera. Fue mi pretexto para salirme definitivamente de la facultad. Alguien tenía que cuidar a mi abuela. Y la verdad prefería pasarme el día leyéndole en voz alta a Agatha Christie, que mentándole la madre en silencio a mis compañeros porque no se dignaban estudiar las obras de la Dama del Crimen. Las tachaban de muy comercialotas. Y qué ¿a poco reeditar *Pedro Páramo* no es un negociazo? Si quieres asesinar al capitalismo, no dejes de leer novelas buenas, tampoco las compres nuevas, mejor usadas, recicla. Aquí tienes mi tarjeta: "El Rulfillo Sarniento, adopta libros y ráscate el pensamiento." Mandas un guats a mi número oficial y te consigo el título que quieras, si no, te llevas gratis una antología de poetas tapatíos, para que consumas lo regional. No aceptes imitaciones que no sean mis fotocopias.

Perdón por el gol, Rulfo, la costumbre de andar siempre tras el pan de cada día. Te decía que en lugar de discutir sobre las bellas letras, prefería pasar el tiempo con mi abuela. Aunque ella poco a poco ya ni me reconociera. Porque al final, como dos años después del derrame, Mamá Lola me cambiaba el nombre. Nomás la dejaba sola un rato y se ponía a gritar bien recio: ¡Héércules, Hééércules, tengo hambreeee! Y pues yo le llevaba su café con leche y sus galletas Emperador. Porque la reina me aventaba cualquier cosa que no fueran esas. Una vez abrí las galletas, así ya ves que son como un sándwich, dos tapas y en medio tienen crema de chocolate; pues con un cuchillo le quité el chocolate, me lo comí, y en lugar de la crema le embarré frijoles refritos. Traen más proteína. Pero se dio cuenta. Me las escupió en la cara. Bien merecido. Ahí comprobé que las papilas gustativas no sufren demencia senil.

Asumí mi error, pero seguí experimentando. Lo que me apuraba era que se me fuera a desnutrir. Luego se me ocurrió, y fíjate, eso sí funcionó, porque me acordé, de niño mi mamá me preparaba un chocomil con dos huevos de codorniz. Pues ahí yo también le empecé a poner sus dos huevitos al café con leche. Y te digo que sí funcionó porque Mamá Lola hasta el último día estuvo bien fuerte.

Bastón nunca le quise ofrecer, sería como escupir para arriba. Iba a usarlo nomás para agarrarme a chingadazos. La andadera que le conseguí en el baratillo ni la tocó. Y la silla de ruedas que le mandó mi papá de Estados Unidos, la acabé disfrutando más yo. Es que era eléctrica. Aceleraba bien cabrón y la usé como carretilla. Le cabían un resto de libros y me la llevaba cargada para poner mi puestito donde quisiera y pelarme antes de que llegaran los del Ayuntamiento. No la tuve tanto tiempo, lástima, mi papá me pidió que la vendiera y con la lana contrató a una prima para que nos apoyara atendiendo a mi abuela.

Era una prima del lado de mi mamá, o sea

no era nieta de Mamá Lola. Cuando se la presenté le dije: Se llama Cielo. Y mi abuela peló los ojos. A lo mejor dijo, ya quieren que me vaya con San Pedro. Un par de semanas después, ya que le agarró confianza y la conoció mejor, le dijo: ¿Cielo? ¡Ni a purgatorio llegas! No creas que la Generala trataba mal a mi prima, yo creo que le tenía envidia por el nombre, ya ves que nunca le gustó Dolores. Cielo venía por las mañanas a la casa, en lo que yo me iba al tianguis a trabajar. Y ya en la tarde ella se iba a estudiar y yo me quedaba con mi abuela...

Te estaba diciendo que los huevos de codorniz son re nutritivos. Mamá Lola caminó por su propio pie hasta el último día, sin ningún tipo de ayuda. Cuando la ibas guiando, te apretaba la mano bien fuerte. Tanto como sus gritos: ¡Hééércules, mis galletas! Yo no me animaba a corregirla. Ni modo de decirle: Mamá Lola, no soy Hércules, soy Chava. Hasta la hubiera confundido más, con tanto Salvador que hubo en su vida. De puro nombre: mi abuelo, mi papá y yo mero. Además, no quería arriesgarme a que me preguntara: ¿Y si no eres tú, entonces dónde está Hércules? Porque ¿qué iba a contestarle? ¿Para qué recordarle las explosiones? Quizá lo más correcto hubiera sido sacarla del error, pero yo sentía que ella descansaba viviendo en él.

A lo mejor fingía. A veces daba la impresión

de que en el fondo se acordaba de todo, como si tuviera memoria de elefante. Por ejemplo, la noche antes de morir, llevó sus manos a mi rostro. Lo recorrió. Sentí que me releía con los dedos. Al llegar a mi frente comenzó a darme golpecitos con el índice. Lamenté nunca haber aprendido el código morse. Lo que sí descifré fue su mirada. Por un momento Lola abandonó ese mundo de recuerdos dolorosos donde yo imaginaba que su mente desfallecía confinada, como si emergiera de esos recuerdos solo para mirarme, reconocerme. He decidido creer que esa última noche, en mi frente, sus dedos pulsaron mi nombre. Porque en sus ojos vi mi propio recuerdo. Sonreímos. Apenas un instante. Después volvió a sus gritos llamando a Hércules. Pero por alguna razón comprendí que yo también formaba parte de su memoria resquebrajándose. El último abismo al que la habían arrojado el tiempo y un infarto. Espero jamás olvidar su dedo índice pulsando mi frente. Imagino encarnar mi nombre.

Cuando no te acuerdes quién eres, Rulfo, nomás hazle caso a la canción: *Si no sabes si eres rata / o una masa amorfa más / solo basta darle un beso al espejo.* Y aquí siguen mis cachetes a tu disposición, cabrón, para cuando la dálmata no quiera más tus lambiditas.

Lo que te voy a quedar a deber es el cuento de cómo se fue Mamá Lola de este mundo.

Cuando llegué con el desayuno ya nomás quedaba su cuerpo. Yo creo que la tía Licha vino a expropiarle el alma. Los dos fantasmas se han de haber ido flotando hasta un lugar más calientito. Se acaba bien la rola, ¿verdad? *Si no quieres entender / que invernando están las brujas / amárrate a una escoba y vuela lejos, / lejos, muy lejos. / Aunque no puedas, / aunque te mueras.*

Y desde la muerte de Mamá Lola me quedé solito. Bueno, a huevo que aquí entras tú. ¿A poco crees que no voy a barrer la zona buscándote? Ahorita guardo los libros y me aviento el cartelito de "Responde al nombre de Rulfo". Te hago un retrato hablado, hasta aullado, pongo mi guats oficial y ofrezco unos poemarios de recompensa. Nomás tenía que esperar a que se acabara mi casetito. No le sé poner pausa a la nostalgia.

NOTA DISCOGRÁFICA

El título de esta novela, el nombre de sus capítulos y las letras de las canciones que aparecen *en cursiva* a lo largo del texto provienen del álbum:

Caifanes (1990). *Volumen II. El Diablito* [CD audio]. México: RCA.

ACERCA DEL AUTOR

Luis Cuevas nació en 1981 en Guadalajara, Jalisco. Es Licenciado en Letras Hispánicas por la Universidad de Guadalajara y doctor en Filología Alemana por la Universidad de Hamburgo. Además de traducir obras literarias y académicas, como autor ha publicado en español el volumen de cuentos *En un lugar de la cancha* (De lo Imposible Ediciones) y en alemán su tesis doctoral: *Es war einmal ein Faktensänger (Königshausen & Neumann)*.

También es docente en la Universidad de Hildesheim, Alemania, donde imparte seminarios de traducción y cursos de sociolingüística acerca del español en contacto con lenguas amerindias y como idioma minoritario en los Estados Unidos.

Recibe comentarios sobre su novela *Antes de que nos olviden* en: luiscarloscuevasdavalos@gmail.com

www.ingramcontent.com/pod-product-compliance
Lightning Source LLC
Chambersburg PA
CBHW032013150726
47990CB00005B/1945